스물아홉,
용기가 필요한 나이

국립중앙도서관 출판시도서목록 (CIP)

스물아홉, 용기가 필요한 나이 / 지은이: 김연식. — 고
양 : 위즈덤하우스, 2015
p. ;   cm

ISBN 978-89-5913-920-0 03810 : ₩13000

선원(선박)[船員]
수기(글)[手記]

818-KDC6
895.785-DDC23   CIP2015016535

스물아홉, 용기가 필요한 나이

초판 1쇄 발행 2015년 6월 29일   **초판 2쇄 발행** 2015년 9월 3일

지은이 김연식
펴낸이 연준혁

출판 1분사
책임편집 최혜진
기획 스토리로직
디자인 김준영

펴낸곳 (주)위즈덤하우스
출판등록 2000년 5월 23일 제13-1071호
주소 경기도 고양시 일산동구 정발산로 43-20 센트럴프라자 6층
전화 031)936-4000 **팩스** 031)903-3891
홈페이지 www.wisdomhouse.co.kr

값 13,000원 ⓒ 김연식, 2015
ISBN 978-89-5913-920-0 03810

스물아홉,
용기가 필요한 나이

글·사진 김연식

예담

항로를 벗어난 항해

막막했다.

사방이 높은 벽으로 둘러싸인 것 같아 좀처럼 빠져나갈 길이 보이지 않았다. 나는 외딴 바다에 홀로 버려졌다. 나이 스물아홉, 그리고 백수. 내가 영영 방구석에 처박혀 총각귀신이 되어도 세상은 눈 하나 껌뻑 안 할 것 같았다. 초조했다. 누구는 세상이 아름답다는데, 마음을 비우면 비로소 뭐가 보인다는데, 내게는 그럴 여유가 없다. 더 늦으면 이대로 영영 사회의 낙오자가 될 것 같았다.

세상은 꽃밭인가, 쓰레기 더미인가. 여기는 기회의 땅인가, 절망의 구렁텅이인가. 내일이 설레는가, 두려운가. 동시대를 살면서도 세상을 보는 시선은 제 나름이다. 나는 조금 우울하다. 갑갑하다. 고도의 자본주의 문명사회에서 직업인이 아니고서는 보통의 삶조차 바라기 힘들다. 뉴기니 섬의 다리비족이나 나바호족

원주민으로 태어났더라면 조금 달랐을까. 내 의지와 상관없이 뚝 떨어진 21세기 대한민국에서 나는 고단했다. 그저 그런 대학을 형편없는 2.99학점으로, 마땅한 자격증 하나 없이 졸업한 내게 세상은 쉽지 않았다.

내게도 꿈이라는 게 있었다.

학창시절부터 기자가 되기를 바랐다. 다른 길은 생각도 안 했다. 정해진 것처럼 대학에서 언론학을 전공하고 마침내 기자가 되었다. 오랜 꿈을 이뤘으니 세상을 다 얻은 것처럼 기뻤다. 기자의 나날은 뜨거웠다. 그런데 뭔가 이상했다. 시간이 지날수록 사람을 만나 취재하는 게 두려웠다. 꿈은 꿈 그 자체일 뿐 내성적인 내 성격과 맞지 않았다. 내 길이라고 굳게 믿었던 일인데, 막상 해보니 내 것이 아니었다. 사실 그 꿈은 적성과 상관없이 남들 눈에 그럴싸한 걸 고른 것에 불과했다. 우리는 학교에서부터 '객관식 선택'에 길들지 않았는가.

성격과 맞지 않는 일을 하는 괴로운 나날이었다. 횟집 수족관에서 뻐끔거리는 물고기처럼 죽음을 향해 하루를 소진했다. 내가 바란 삶은 이게 아니다. 꾸역꾸역 버틸 것인지, 새 길을 찾을 것인지 고민한 끝에 용기 내어 사직했다. 사직은 곧 백수. 일주일 만에 땅을 치고 후회했다. 한동안 건설 현장에서 용돈을 벌고 자동차 정비를 배우며 소일했다. 아침이 두려웠다. 무미건조한 일상이 영원히 반복될 것 같았다.

우연히 선원 모집 공고를 보고 바다로 나왔다.

어쩌다 무모한 일을 저질렀는지 모르겠다. 전 세계를 구경하고 싶다는 꿈에 '도전'한 건지, 막막한 현실에서 '도망'한 건지 불확실하다. 갑갑한 백수의 현실. 서른을 앞둔 나이. 닥쳐오는 미래의 두려움. 그럼에도 불구하고 주저앉을 수 없다는 절박함. 그저 그런 보통의 젊음. 그런 젊음에게는 한없이 냉정한 뭍의 법칙. 나는 모든 사람이 가는 길을 똑같이 걷기가 버거웠다. 나는 다리 짧은 뱁새다. 용기 내어 나만의 길로 빠져나가야 했다. 내 보폭에 맞는 샛길 말이다. 도망이자 도전이었다.

주변 사람들의 혀 차는 소리를 들으며 부산으로 갔다. 해양대학을 졸업하지 않은 내게 길은 캄캄했다. 기댈 언덕도, 피할 그늘도 없었다. 창피함을 무릅쓰고 잡상인처럼 여기저기 선박회사 문을 두드린 끝에 자리를 구했다. 막말로 밑바닥, 최하급직 실습생 신분의 1년 무급 승선이었다. 낯선 길은 늘 두렵기 마련. 승선하자마자 후회가 밀려왔다. 나는 배에서 맨손으로 갑판을 청소하고 화물창을 오르내리는 궂은일을 도맡았다. 내 삶이 멀리 차가운 바다 아래로 가라앉는 것만 같았다. 영영 샛길의 구렁텅이로 빠져들 것 같은 불안이 덮쳤다.

새옹지마라고 했나.

과연 뜻밖의 세상이 나를 달랬다. 바다는 놀라운 장면으로 넘치고, 항구는 재미난 이야기로 북적인다. 나는 파도를 넘나드는 돌고래의 재롱, 영혼을 울리는 환한 달빛, 보석같이 반짝이는 빙산, 거울처럼 잔잔한 적도 무풍대, 무섭게 쏟아지는 열대 스콜에 탄성을 질렀다.

내가 탄 배는 번번이 다른 항구에 찾아가는 부정기화물선이다. 지도에 작은 글씨로도 표시되지 않고 인터넷을 검색해도 나오지 않는 오지에 기항한다. 꾸며놓은 관광지가 아니라 개미 같은 현지인들이 고단한 하루를 보내는 삶의 현장이다. 나는 미지의 땅에 상륙해서 항구의 뒷골목을 누볐다. 거지와 창녀, 빼빼 마른 리어커꾼과 대머리 포주를 만났다. 사기꾼에게 속아 길을 잃고 친절한 노파의 도움으로 되돌아왔다. 종종 부패한 관리와 영악한 택시기사에게 당하고 소년의 미소에 감동했다. 매번 멋모르고 나가서 제법 푸짐한 견문을 안고 돌아왔다. 세어보니 지난 5년간 서른두 나라 마흔여섯 항구에 기항했다. 배를 탄 덕분에 나는 텔레비전에 나오지 않는 세상을 보고 만지고 맛봤다.

최하급직도 참고 견디니 생각지도 못한 선물이 찾아왔다.

단지 항해사가 되어 백수 신세를 탈출했다거나, 월급을 모아 서울 어디에 작은 보금자리를 얻었다거나, 온 세계를 구경했다는 식으로 이 체제 어디쯤 기어올랐다는 게 아니다. 내가 인생의 항로를 벗어나 얻은 건 다름 아닌 '자유'다.

배에는 1등이라는 게 없다. 배는 늘 일정하게 나아가고, 선원들은 제 자리를 지키면 그만이다. 비교 상대가 없으니 경쟁도 없다. 뭔가를 잘해보려고 부자연스럽게 아등바등하지 않아도 된다. 제 능력 안에서 제 몫의 기쁨에 만족한다.

정말이지 나는 자유를 얻었다. 바다에는 뭍에서처럼 성공과 실패, 합격과 불합격을 의식하지 않는다. 다만 제 나름의 자유를 만끽한다. 시간의 자유, 금전의 자유, 여행의 자유, 삶의 자유 말이다. 나는 선원이 되어 바다와 뭍을, 문명과 야만을, 계절을, 시류를 오갔다.

얼마 전 인천아시안게임을 보며 내가 얻은 자유가 뭔지 어렴풋이 짐작했다. 곧 콜드게임이 선포될 것을 알면서도 마지막까지 안타를 한번 치려고 이를 악무는 타자. 1승을 거두기 위해 꼴찌 결정전에서 흘리는 땀방울. 다들 금메달에 혈안이 된 경기장에서 저만의 호흡으로 경기하는 선수를 보면서, 자본으로 귀결하는 무한 경쟁의 체제에서 빠져나와 나만의 항로를 내 호흡대로 나아가는 나를 발견했다. 늘 빈손으로 돌아오면서도 다시 바다로 나가는 헤밍웨이의 늙은 어부처럼 나는 나만의 자유로운 삶을 얻었다.

여기, 항로를 벗어난 여정을 담았다.

인생의 항로를 벗어나 불확실한 곳으로 뛰어들어 만난 생각지도 못한 세상에 대한 이야기다.

●차례

★ 3부 _____ 귀항

⚓

1부.

출항

낯선
세상으로

꿈을 꾸고 있었다. 이국의 허름한 술집 같았다. 사방에서 수십 명이 알아듣지 못하는 말을 쏟아내고, 접시 달그락거리는 소리와 술잔을 탁 내려놓는 소리, 손뼉 소리, 호탕한 웃음소리로 실내는 윙윙거렸다. 활짝 열린 창문으로 남국의 습한 바람이 불고, 라디오에서 잡음 섞인 음악이 흘러나왔다. 탁자 사이 좁은 공간에서 금발의 여인과 햇볕에 검게 그을린 남자가 음악에 맞춰 춤을 췄다. 나는 그 난장 한가운데서 낯선 남자와 럼주를 마셨다. 까닭 없이 기분 좋은 꿈이었다.

—따르릉

갑자기 전화벨이 울리고, 나는 순식간에 이국의 낯선 술집에서 현실로 끌려왔다.

―김연식 씨죠? 내일 싱가포르에 가서 써니영Sunny Young호를 타
세요. 오전 9시까지 인천공항 A구역에 가서 같이 승선하는 선원
을 만나면 됩니다.

선박회사 직원이었다. 얼굴도 모르는 직원은 아침부터 뭐가 그
리 바쁜지 제 할 말만 뱉고 다급히 전화를 끊었다.

―뭐지?

멍하니 전화기만 내려다봤다. 뜬금없는 시간에 온 뜬금없는 전
화에 머릿속이 새하얘졌다. 아직 꿈의 여운이 남아 있다. 입맛을
다셔 럼주 맛을 더듬었다.

―정말 가는 건가? 이제 떠나는 건가?

그토록 기다리던 첫 항해지만 뭔가 미심쩍다. 출국 하루 전날,
그것도 이른 아침, 잠결에 받은 전화다. 한동안 갸우뚱했다. 직원
의 말은 지나치게 유창했다. 그보다, 어쩌면 이렇게 다짜고짜일
까. 꿈에서 16대조 할아버지가 로또 번호를 불러줄 때처럼 경황
없는 통에 대꾸도 못했다.

―9시까지, 공항 A구역. 그런데 내일이라고 했나? 내일? 내일
은 너무 촉박한데? 아무래도 내일은 아닐 것 같은데… 내일이라
니… 분명 내일이라고 한 것 같은데… 내일은 터무니없는데…

잠결에 받은 전화는 꿈과 현실을 오갔다. 언제나 마지막에 가
서 가물가물해지는 할아버지의 로또 번호처럼 직원이 남긴 말은
희미했다. 불현듯 '보이스 피싱'이 아닌지 의심스러웠다.

폐지 모으는 옆집 김 할아버지가 당했고, 하루에 네 번 버스가 다니는 전라남도 곡성군 고달면에 사는 김 할아버지 동생도 당했다. 동네 구멍가게 깍쟁이 장 여사님도 예외는 아니었다. 나야 빈털터리 청년 백수 신세지만 불여우 같은 수작은 혹시 모른다.

　—이거 누가 장난치는 거 아니야?

　승선 절차가 이렇게 간단할 수 있나? 나는 이 전화 한 통으로 집 안에 있는 짐을 모조리 정리하고, 지인들과 일일이 작별하고, 1년 동안 배에서 쓸 물건을 챙겨야 한다. 이민을 가는 것만큼 큰 일이다. 그런데 전화기 너머 직원은 적도 반대편에 가는 일을 무척 쉽게 말했다. 이 사람에게 싱가포르는 내가 생각하는 서울과 부산 거리쯤 되는 모양이다. 선원에게 승선이 보통 일이 아니라는 걸 선박회사 사람들이 모를 리 없다. 의심은 점점 커졌다. 실은 갑작스런 소식에 내심 장난이길 바랐는지 모른다. 발신번호로 전화를 되걸었다. 상황을 정리할 방법은 이뿐이다.

　—신뢰와 정도를 걷는 중앙상선입니다. 내선 번호를 누르시거나…

　녹음된 성우의 목소리가 흘러나왔다. 후다닥 전화를 끊었다. 방금 전화한 사람을 찾아서 "저기… 사기꾼이 장난치는 게 아닌지 의심스러워서 전화했습니다" 하고 물을 수는 없는 노릇이다. 그건 군대에서 선임병 장난에 속은 이등병이 부랴부랴 매점에 달려가 "K-2 소총 한 정 주세요. 준비물인 줄 몰랐습니다" 하는

꼴이다. 나는 몰래 되건 전화 한 통으로 승선을 확신했다. 아무리 생각해도 하루 전에 알려주는 건 너무했다. (겪어보니 해운회사는 여행사가 아니어서 나는 이런 '통보'에 익숙해져야 했다. 통보는 보통 "브라질 산토스에서 설탕을 실어서 두바이에 내려주세요. 그 다음 인도에서 석탄을 싣고 중국으로 갈 거니까 연료는 가격이 저렴한 싱가포르에서 채웁시다" 하는 식이다.)

기다리던 출국이지만 막상 내일이라니 머릿속이 복잡하다. 설렘인지, 아쉬움인지, 기쁨인지, 걱정인지 복잡다단한 감정으로 뒤죽박죽이다. 집 안을 둘러보았다. 익숙한 것들이 순식간에 낯설어졌다. 이제 나는 이곳 사람이 아니다. 창 밖에 차들이 분주히 달린다. 뛰노는 아이들 소리. 과일장수의 트럭 소리. 나는 내일 떠나는데 밖은 섭섭하리만큼 일상적이다.

10월 일기장을 펴고 남은 하루 사이에 할 일을 모조리 적었다. 내일 떠나면 10월 부분은 하얗게 남을 테니 뭐라도 채우고 싶었다. 산중턱의 녹음이 푸르다. 바람이 상쾌하다. 내 방이 이렇게 포근한 줄은 미처 몰랐다. 이제 떠나면 1년 뒤에나 돌아온다. 급기야 세계 여러 곳을 다니는 배를 찾아다닐 때가 언제였는지 원망스럽다. 또 청개구리 심보가 도진 모양이다.

무릇 완전히 하얗거나 검은 감정은 없다. 하얀 듯 검고, 붉은 듯 푸른 게 사람 마음이다. 온전히 설레기만 하는 일 역시 없다. 기대와 걱정, 희망과 불안은 동전의 양면처럼 같이 붙어 다닌다.

다만 양면 중 어느 쪽을 보느냐가 중요하다. 나는 출항을 앞두고 심난했지만 가슴 한쪽에서 은근한 설렘이 스멀스멀 올라오는 걸 감지했다.

　내가 승선하는 배는 부정기화물선이다. 뉴욕과 부산을 오가는 정기선이 아니라, 번번이 다른 항구에 가는 선박이다. 전 세계를 여행하고 싶어서 뒤늦게 선택한 길이다. 이런 배를 타면 항구에 접안하는 며칠간 근처 도시를 여행할 수 있다고 들었다. 게다가 항구는 대부분 세상에 알려지지 않은 오지다. 상상할 수 없는 예측불허의 기나긴 여정이 나를 기다렸다.

　허나 초임 항해사의 희망찬 항해와는 거리가 멀다. 나는 선원도 아닌 실습생 신분이다. 소설『모비딕』의 이스마엘처럼 맨손으로 갑판을 청소하고 화물창을 오르내리는 궂은일을 해야 한다. 해양대학을 다니지 않았고, 해기사 면허도 없다. 당연히 경력도 없는 내가 배를 탈 방법은 이뿐이다. 최하급직. 막말로 밑바닥. 게다가 실습생이니 열두 달 동안 무임금으로 승선한다. 누가 봐도 최악의 조건이다. 이 모든 걸 감내하는 건 온 세상을 누비고 싶다는 간절한 바람 때문이다. 식당 허드렛일도 좋다. 배를 타고 여기저기 구경할 수만 있다면 나는 뭐든 할 수 있다.

　그런데 부모님의 뜻은 나와 다르다. 이제 스물아홉 살. 남들처럼 사랑하는 사람을 만나 토끼 같은 자식을 낳고 그 나이에 맞는 행복을 좇아야 할 나이, 초등학교부터 대학까지 16년간 어마어마한 학비를 먹어치우며 자랐으니 이제 산업역군이 되어 본전을 되찾을 나이다. 그런 내가 신문사를 그만두고 전공과 상관없는 선박에서 밑바닥부터 시작하겠다니, 부모님 한숨에 땅이 꺼질 지경이다. 차라리 공부를 더 하겠다면 이해하겠건만 위험한 선원이 무슨 말이냐 하신다.

친구들이나 신문사 동료들, 심지어 아주 가볍게 만난 인연들조차 나를 보며 혀를 찼다. 드물게 잘해보라고 응원하는 사람도 있지만 속으로는 혀를 끌끌 차는 표정이었다. 어떤 친구는 사흘 안에 집이 그리워질 거라고 장담했다.

나는 이 항해를 준비하는 동안 주변 사람들의 차가운 시선과 싸워야 했다. 그네들이 말하는 내 미래는 결코 밝지 않았다. 언론학을 전공하고 신문사 기자가 되었으면 가던 길을 계속 갈 것이지, 뭐 하러 엄한 곳에서, 그것도 밑바닥부터 다시 시작하느냐는 것이다. 게다가 선박은 해양대학교 졸업생들이 꽉 쥐고 있으니 아무리 열심히 해도 결정적인 순간에 차별받을 게 뻔하다고 염려했다. 한마디로 내가 갑의 특권을 버리고 을의 길을 가려 한다는 것이다.

종종 틀에서 벗어나 새로운 일을 시도할 때마다 사람들은 손사래 친다. 제 일도 아니면서 남의 실패를 장담한다. 내 삶에 관한 한 조금은 독선적일 필요가 있다. 남의 말에 휩쓸리는 순간 내 삶은 남의 말대로 흘러간다. 어떤 일이든 끝까지 해내려면 다른 사람의 시선에 개의치 않아야 한다. 나에게 필요한 것은 확고한 신념뿐이다. 용기 내어 꿈을 좇아야 한다. 전 세계를 다 누비겠다는 꿈 말이다.

부랴부랴 짐을 쌌다. 거실에 옷가지들을 가득 펼쳐놓고 하나씩 담았다. 세면도구와 슬리퍼를 넣을 때는 몰랐는데, 손톱깎이와 반짇고리를 챙길 때에야 비로소 내가 여행을 가는 게 아니라는 걸 실감했다.

—속옷은 둘둘 말아야 많이 담을 수 있어. 샤워타월은 두껍고 깔끄러운 걸로 챙겨. 내복은 안 가져갈 셈이야?

말 없이 내 짐 싸는 걸 내려다보는 아버지와 달리 어머니는 사사건건 잔소리다. 자식이란 나이를 불문하고 물가에 내놓은 아이인 모양이다.

짐은 순식간에 40킬로그램을 넘겼다. 바퀴가 여섯이나 달린 이민가방이 허리까지 올라왔다. 해운업은 항공업과 같은 물류업에 속한다. 동종업의 배려로 선원은 비행기에 일반인의 두 배까지 짐을 실을 수 있다. 그럼에도 가방은 작기만 했다. 일 년치 세간을 담으려니 어쩔 수 없다. 짐을 덜어내는 건 소중한 무언가를 버리는 것만큼 아픈 일이다. 곰곰이 필요를 따져 물건을 덜어낼 때마다 아쉬움이 밀려왔다. 넣고 빼기를 반복하며 마지막까지 고민했다. 나는 과거를 버리고 새로운 길에 나서면서도 좀처럼 홀홀 털어낼 줄을 몰랐다. 아직도 갈등하는 게 분명하다. 솔직히 배에서 지내보기 전에는 내게 맞는 일인지, 잘할 수 있는지 장담할 수 없다. 불안을 가득 안고 집을 나서야 한다.

이제 나는 먼 바다에 간다. 그곳은 우리의 시선이 미치지 않고, 휴대전화 전파도 닿지 않는 곳이다. 어쩌면 위험하고, 불확실하고, 모호한 세상이다. 흉한 말로 사람 하나 없어져도 모를 곳이다. 그럼에도 두려움 한 구석에 설렘이 불쑥 고개를 내미는 건 왜일까?

시도하지 않으면
삶은 나아지지 않는다

짐을 정리하고 마지막 밤을 맞았다. 이제 자고 일어나면 육지의 삶은 마침표다. 내게 뭍은 여기까지다. 불을 끄고 잠을 청했지만 온갖 생각이 휘몰아쳤다. 째깍째깍. 탁상시계가 요란하게 돌아갔다. 갈수록 정신이 또렷해졌다. 참다못해 자리를 털고 일어나 일기장에 복잡한 심경을 쏟았다. 여러 해에 걸쳐 써온 두툼한 일기장이다. 내 과거가 여기 담겼고, 앞으로 내 삶도 여기 빈 페이지에 기록될 것이다. 승선을 앞둔 기대와 두려움을 적다가 지난 일기를 훑었다. 배를 타기로 마음먹고 실천하기까지의 과정이 고스란히 담겨 있다.

그때 나는 스물여덟이었고 인천의 어느 신문사에서 3년째 일하고 있었다. 신문기자는 내 오랜 꿈이었다. 대학에서 신문방송

학을 전공하고, 3학년 때까지 학내 언론사에서 일하느라 입대마저 늦췄으니 보통 열성이 아니었다. 꼭 기자가 되고 싶었다. 내 목표는 꼭 대형 언론사에 입사하는 게 아니라 진짜 기자가 되는 거였다. 기자는 직업인이기 전에 그 무언가여야 한다고 배웠다. 운 좋게 졸업도 하기 전 지역 일간지 인천일보에 입사했다. 마침내 학창시절부터 꿈꾸던 일을 하게 된 것이다.

기자의 나날은 뜨거웠다. 새벽까지 담당 지역 경찰 지구대에 있다가 깊은 밤에 집에 들어와 쪽잠을 자고 아침 일찍 경찰서로 나갔다. 경찰서에는 오만 인간 군상이 다 모여 있었다. 여태 내가 몰랐던 세상이었다. 낮에는 여러 사람을 만나 세상 사람들이 기다리는 이야기를 찾아다녔다. 저물어서는 이래저래 알게 된 사람들과 어울렸다. 기자가 되지 않았더라면 평생 못 봤을 광경을 보고, 못 만날 사람을 만나고, 못 가볼 곳에 갔다. 매력적인 직업이 분명했다.

그런데 이상했다. 학창시절부터 10여 년간 꿈꾸던 일인데 점점 괴로웠다. 매일 새로운 사람을 만나 친분을 쌓는 게 가장 힘들었다. 의사라는 직업의 민낯은 종일 아파 찡그리는 사람을 상대하는 것이듯, 기자의 민낯은 오만 군상과 어울리는 마당발이다. 그런데 나는 여럿과 어울리기보다 혼자 책 보기를 즐기는 내향적인 사람이다. 사람을 만나면 힘을 소진하다 혼자 있을 때 충전한다. 이래저래 낯을 많이 가리고, 좀처럼 마음을 열지도 않는다.

여러 사람을 두루 알기보다 몇몇과 깊은 정을 나누는 데 익숙하다. 그러니 갓 사귄 사람과 잔뜩 취해서 형이니 아우니 하며 어깨동무하기가 여간 거북한 게 아니었다.

나는 어색함을 달래기 위해 사람들 사이에서 어떤 이야기를 할지 미리 생각해놓곤 했지만 막상 꺼내놓고 보면 계산하고 부르는 노래처럼 부자연스러웠다. 기자들끼리 "사람 만나는 게 두려우면 그때가 그만둬야 할 때"라는 말을 한다. 나는 조금 이르게 그 시기를 맞았다. 사실 나는 본래 성격상 사람 만나는 게 두려웠다. 남의 이야기에 별 관심도 없다. 그러니 만날 삐걱거렸다. 가끔은 이런 내 성격이 밉지만 어쩔 도리가 없다. 이게 진짜 내 모습이 아닌가. 가면을 쓰고는 오래갈 수 없다. 나는 점점 뒤처지고 안에서부터 무너졌다.

3년이 지나서야 깨달았다. 사람들과 섞여 살기 위해 성격을 맞췄을 뿐, 본래 내 모습은 다르다는 것을. 내가 택한 직업 역시 사회가 제시한 몇 가지에서 퍽 그럴싸한 신문기자라는 직업을 고른 것임을. 나는 내 진짜 성격을 알지도 못하면서 그걸 꿈이라 못박고 살았다. 선천적 음치가 가수를 꿈꾸는 것처럼. 평화주의자가 군인을 꿈꾸는 것처럼. 신발로 치면 남들이 알아주는 나이키와 아디다스와 리복 중에서 그나마 괜찮은 운동화를 고른 것이다. 정작 나는 산에 잘 오르니 등산화가 필요한데 말이다. 그동안 나는 객관식 시험처럼 고르는 데만 익숙했다. 제시된 답안 외의

답은 상상도 안 했다. 학교에서부터 그렇게 길들지 않았는가.

바이올린을 정말 지루하게 켜는 친구가 있다. 어려서부터 어머니의 강요에 바이올린을 배우고, 딱히 하고 싶은 게 없어서 음대에 진학했다가, 졸업 후 동네 학원에서 초등학생을 가르친다. 그 친구는 "배운 게 아깝고, 이제 와서 다른 걸 하자니 자신도 없다"고 푸념했다. 내 생활도 그의 연주를 닮아갔다. 나는 내 것이 아닌 길을 너무 열심히 달렸고, 돌아보니 이미 멀리 왔다.

대학을 거쳐 첫 직장 3년, 그리고 곧 서른. 나는 내게 맞지 않는 옷을 오래 걸치고 있었다. 그 친구처럼 나도 미천할지언정 쌓아온 것을 버리기 아깝고, 이제 와서 새 길을 선택하기 두려웠다. 그렇다고 내게 맞지 않는 옷을 꾸역꾸역 입고 살 수는 없는 노릇이다. 고민은 나를 괴롭혔다. 머릿속이 어지러우니 일이 손에 안 잡히고, 일을 못하니 괴롭고, 괴로우니 고민만 깊어갔다. 악순환 속에서 나는 점점 메말라갔다.

생각해보면 우리는 징검다리 같은 삶을 살고 있다. 지금은 다음을 위한 과정일 뿐이다. 좋은 초, 중, 고교에 진학해서 명문대에 가고, 좋은 직장을 얻고, 반려자를 잘 만나 좋은 가정을 꾸리고, 좋은 집과 좋은 차를 사고, 다시 아이를 잘 기르는 끝없는 '좋은' 것들의 연속. 우리는 끊임없이 좋아야 할 의무를 지고 산다. 조금이라도 좋지 않으면 패자가 된다.

지금 가진 것을 포기하면 다음 징검다리로 못 갈 것 같아 불안하다. 그러니 개울에 빠지더라도 징검다리를 버리고 옆길로 갈 생각은 하지 못한다. 각자 분수에 맞춰 공무원 5급, 7급, 9급을 꿈꾸며 고시원에서 젊은 날을 소진한다. 직장에서는 밤낮없이 일한다. 주어진 몇 가지 선택지에서 제 분수보다 조금 나은 것에 욕심낼 뿐이다. 그걸 대단한 횡재로 여겨 감읍한다. 그런 이상한 게임에서 판가름 난 소수의 승자와 다수의 패자가 나름의 분수대로 살다가 장례식 한 번 치르고 뼛가루가 된다. 그게 우리 모습이 아닌가. 누가 우리 삶을 이렇게 만들었단 말인가. 그런 삶에는 내가 없다. 학벌, 직업, 집, 자동차가 나를 대신한다. 무섭다.

❋

한동안 이런 생각으로 고달파하며 하루하루를 꾸역꾸역 살았다. 나는 징검다리 위에서 머뭇거렸다. 여태 잘 건너온 길을 버리고 샛길로 벗어나기가 아까웠다. 또 두려웠다. 그런 내 속을 아는지 모르는지 세상에는 좋은 말들이 차고 넘쳤다.

"늦었다고 생각할 때가 가장 빠른 때다. 정해진 길을 가지 말고, 길이 아닌 곳으로 가서 흔적을 남겨라. 영혼의 소리에 귀 기울여라. 위험을 두려워하지 말라. 남들이 뭐라든 네 길을 가라."

책과 SNS에는 옳은 말들이 별처럼 쏟아졌다. 어찌 보면 다 아는, 빤한 말들이다. 나는 그런 글들을 가벼이 읽고 고개 한 번 끄덕이는 게 전부였다. 풍요로운 가난의 시대다. 정보의 홍수, 지식의 과잉. 우리는 이미 너무 많이 알고 있다. 우리는 진리를 읽는 데 익숙하면서 실천은 모른다. 실천해야 할 '나'는 없고 '말'들만 남았다. 진리란 무엇인가. 아는 것인가, 배우는 것인가, 깨닫는 것인가, 아니면 실천하는 것인가. 심지어 우리는 그 답이 '실천하는 것'이라는 사실을 알면서도 실천은 않는다.

내가 끙끙 앓은 것은 답을 몰라서가 아니다. 울타리 밖으로 나가기가 두려웠다. 사직서를 쓰거나, 책 속의 말대로 뭐가 되든 일단 저질러야 할 것 같았다. 그러다가도 남들이 "아니"라고 할 때 순진하게 혼자 "예"라고 하는 건 아닌지, 그러다 다 잃고 영영 추락하는 것은 아닌지 두려웠다.

—차라리 맞지 않는 옷이라도 입고 있는 게 낫지 않을까. 하지만 이 옷은 내게 안 어울리는데…

나는 고통스런 번뇌의 외줄 위에 겨우겨우 서 있었다. 그 사이 진짜 기자가 되고 싶다는 꿈은 온데간데없고, 나는 근근이 버티다 집에 갈 시간만 기다리는 직장인으로 전락했다. 피폐한 삶이었다. 어둑한 밤길을 터벅터벅 걸어 집으로 갈 때면 나는 횟집 수족관의 물고기가 된 것만 같았다. 물속에서 숨도 안 쉬고 뻐끔거리는 물고기. 살고 싶지도 않고 죽고 싶지도 않은, 그냥 뻐끔거리는 존재 같았다. 사랑, 열망, 호기심, 증오 같은 인간의 감정이 없는 물고기 말이다.

3년차 직장인의 일기장은 푸념으로 가득했다. 암울한 일기는 두려움으로 이어졌다. 시계만 보느라, 남들의 이야기를 취재하느라 내 삶에 나는 없었다. 점점 두려움이 생겼다. 다 잃을까 무섭기보다 내가 없는 삶이 계속되는 게 두려웠다. 이대로라면 인간의 뜨거운 감정을 다시는 못 느끼고 물고기처럼 찬물에서 뻐끔거리다 삶을 소진할 것 같았다. 수많은 좋은 말들 중 이런 게 있다.

 ―스스로 껍질을 깨고 나오면 생명이 되지만 남이 깰 때까지 기다리면 계란 프라이에 그친다.

 결단하고 행동하지 않으면 삶은 나아지지 않을 것이다. 이제 더 많이 읽는 데 욕심내지 말고, 조금이라도 읽은 만큼 행동해야 할 때다. 스스로 깨고 나갈 때다. 주인공이 되어 삶을 개척할 때다. 두려움이 용기를 낳았다. 점점 메말라가는 거울 속 나를 보며 사직을 결심했다.

헤맨다고
길을 잃은 건 아니다

후회는 생각보다 빨리 찾아왔다. 퇴사 일주일 만에 땅을 치고 후회했다. 자유의 기쁨은 잠깐이었다. 바이올린을 했다면 언제든 다시 아이들을 가르칠 수 있지만 나는 사직서를 쓰는 순간 아무것도 아닌 존재가 되었다. 기자라는 것이 무슨 자격증이 있는 것도 아니고, 오랜 기간 연마해야 하는 기술이 있는 것도 아니니 말이다. 부자에게 돈을 빼고, 정치가에게 권력을 빼고, 성직자에게 직위를 빼는 것처럼, 나에게서 신문기자 직함을 빼는 순간 본래의 나로 돌아왔다. 본래의 나는 다름 아닌 '청년백수'다. 그래, 이게 나다. 명함이나 직함으로 꾸미지 않은 '날것의 나' 말이다.

여기저기 뜻하는 회사의 면접을 보며 살 궁리를 찾아 헤맸다. 지원한 곳은 대부분 해외에서 근무하는 직종이었다. 여러 나라에 가고 싶었다. 그럴 수 있는 일이라면 가리지 않았다. 먼저 아시아나 항공의 운항인턴에 지원해 비행기 조종사가 되고 싶었지만 낙방했다. 한서대학교 항공운항학과 편입 시험은 합격 문턱에도 못 갔다. 무역회사의 해외 파견직도 마찬가지였다. 서른 곳쯤 불합격하고 나서야 내 머리를 쥐어박았다.

—지독한 취업난에 신문사를 때려치우다니. 배가 불렀어. 꿈이고 적성이고 다 뭐야. 버스 떠나기 전에 되는 대로 타는 거지. 다 그렇게 사는데 뭐.

후회하기엔 늦었다. 그렇다고 돌이킬 수 없다. 길 위에 올라섰으니 뭐가 되든 앞으로 가야 한다.

퇴사한 지 반년쯤 지났을까. 이쯤 되니 아침에 눈을 뜨기조차 싫었다. 사방이 거대한 벽으로 꽉 막혀 있는 것만 같았다. 점심쯤 일어나 아무도 없는 집에서 혼자 밥을 차려 먹었다. 쓸쓸한 식사였다. 무슨 맛인지도 모르고 입에 넣었다. 종일 집에 있어도 부모님은 나무라지 않으셨다. 하지만 텔레비전을 켜면 청년실신(졸업 후 실업자나 신용불량자), 청백전(청년백수 전성시대), 장미족(장기간 미취업) 같은 신조어가 쏟아졌다. 친구들을 만나는 일도 줄었다. 뭘 해도 즐겁지 않았다. 외딴 바다에 홀로 버려진 것만 같았다.

불안한 마음에 동네 직업훈련소를 찾아갔다. 노동부의 지원금으로 운영하는 부천 자동차직업학교다. 자동차정비기능사 자격시험을 돕고, 의지가 있는 수강생에게는 정비소 취업도 주선한

다. 여기는 다른 세상 같았다. 갓 고등학교를 졸업한 친구부터 60대 노인까지 일자리 없는 사람은 다 모였다. 어른들은 패배주의에 빠졌고, 담배에 쩐 아이들은 머리카락이 샛노랗다. 나라고 다르지 않았다. 솔직히 손에 기름때 묻히며 살고 싶지는 않다. 그러니 주머니에 손 찔러 넣고 자동차 수리는 어떻게 하는지 구경이나 하자는 식이다.

눈에 띄는 동생이 하나 있었다. 숫기 없이 만날 혼자 점심을 먹는, 그러나 자동차를 향한 꿈으로 가득한 스무 살 재준이다. 어머니는 안 계시고, 아버지의 무관심 속에 혼자 자랐다. 고교 졸업 후 여기로 직행했단다. 녀석의 멍한 눈은 늘 바닥을 향했지만 수업시간에는 반짝반짝 빛이 났다. 실습할 때마다 먼저 나섰고 질문도 많았다. 저렇게 공부하면 명문대도 가겠다 싶었다.

나는 뒤에서 팔짱을 끼고 재준이의 미래를 가늠했다. 녀석이 기술을 배워 대단히 성공한다 해도 동네 정비소 사장이 전부일 것 같았다. 대학 졸업장씩이나 가진 나는 그의 미래를 훤히 내려다보는 듯한 쾌감을 느꼈다.

—그런데 정작 내 꿈은 뭐지…

나는 남의 꿈은 깐깐하게 저울질하면서 내 꿈은 달아보지 않았다. 나에게 맞는 일을 찾아보겠다고 과감히 사직해놓고도 주변의 눈치를 봤다. 사실 직업으로 사회적 위치를 배정받는 게 두려워 이때까지 빈둥댄 셈이다. 대기업 아래 중소기업 직원이 되기 싫어서, 그보다 못한 비정규직이 되기 싫어서 그냥 백지 같은 백수 상태를 즐긴 것이다. 유치하게도 나는 만족하는 점수를 받을 수 있을 때까지 토익 시험을 미뤘다. 낮은 점수를 받으면 그게 나일 것 같아서다. 그래놓고 남이 받은 700점이니 800점이니 하는 점수는 속으로 "그까짓 거" 하면서 조롱했다.

재준이는 바닥에 꿇어 앉아 더러운 볼트를 닦았다. 세상 전부인 것처럼 열정을 쏟는 모습을 보니 허영심에 팔짱만 끼고 있는 내가 창피했다. 내가 녀석보다 나은 건 아무것도 없다. 그 얼룩진 손 앞에 내 하얀 손이 부끄러웠다.

그즈음 노동부와 지역 고용센터의 게시판을 둘러보다 눈에 띄는 글을 봤다.

ㅡ젊은 그대, 바다를 열어라!

매력적인 문구였다. 한국해양수산연수원이라는 곳에서 국비로 해기사를 양성한다는 내용이었다. 수료 후에는 배를 타고 전 세계를 항해할 수 있다고 했다. 갑자기 가슴 한구석에서 뜨거운 불덩이 같은 게 올라왔다. 이게 뭔가 싶었다. 한때 빠졌던 항해 무용담이 떠올랐다. 신문사에서 해양경찰청에 출입하던 때였다. 정년퇴직을 앞둔 선원 출신 해양경찰관이 술자리에서 젊은 시절 무용담을 풀었다.

—아프리카에 가면 항만시설이 열악하니까 사람들이 삽을 들고 배에 올라오는 거야. 그 많은 화물을 삽으로 언제 퍼내. 한 달도 넘게 걸려. 그 사이 선원들은 도시에 나가고 사파리도 구경하지. 별별 곳을 다 다녔어. 콜롬비아에 갔을 때는 술집에서 갱들이 총격전을 벌이는 바람에 죽다 살았지 뭐야. 예쁜 여자들을 놔두고 걸음아 나 살려라 줄행랑을 쳤어. 허허.

—김 기자, 진짜 은하수 본 적 있어? 바다에 나가면 빛이 없고 공해도 없어서 밤하늘에 별이 얼마나 많은지 몰라. 밀가루를 뿌려놓은 것처럼 별 반, 어둠 반이야. 그 장관을 죽기 전에 다시 봐야 하는데…

노인의 무용담은 매력적이지만 당시 내게는 먼 이야기였다. 해양고등학교나 해양대학교를 졸업하지도 않았는데 선원이 된다는 건 상상도 못할 일이다. 자격증 없이는 아무것도 할 수 없는 게 요즘 세상 아닌가. 어려운 사람들을 도우려 해도 사회복지학과를 나와야 한다. 요리를 잘해도 조리사 자격증이 없으면 안 된다. 심지어 중고차를 팔거나 악기를 가르치는 일에도 자격증이 생겼다. 자격증은 업종 간 진입 장벽이 되었다. 그러니 한번 길을 정하면 다른 길로 나갈 재간이 없다.

대학을 졸업, 아니 입학하는 순간 사회가 내 진로와 분수를 정한다. 내가 꿈꿀 수 있는 범위를 한정한다. 그러니 우리에게 상상력은 필요 없다. 정해진 길에서 골라야 하고, 한번 정하면 무르기 힘들다. 한 번쯤 먼바다의 항해자가 되는 상상조차 허락하지 않는다. 세상은 잡초 하나 자랄 틈도 없다. 허락된 몇 가지 꽃으로 치장한 인공의 대지다.

한국해양수산연수원. 이곳은 해기사를 양성하기 이전에, 이런 사회의 틀을 깰 수 있는 기회다. 내가 상상하지도 못한 삶을 열 수 있는 기회 말이다. 아무것도 모르는 사람을 교육해 고급 사관이 될 기회를 준다는 건 어마어마한 혜택이 분명하다. 물론 그 과정이 호락호락하지 않을 테지만 말이다. 배를 타고 전 세계를 다니는 미래. 내 가슴은 기대로 잔뜩 부풀어 올랐다.

생각해보면 나는 언제나 넓은 세상을 두루 다니는 꿈에 젖어 지냈다. 학부 시절에는 늘 전공서적 옆에 여행기를 끼고 다니며 몰래몰래 먼 나라 이야기에 빠졌다. 엉뚱하게도 대학교 4학년 때는 지하철에서 지구본을 팔기까지 했다. 왜 불법인 지하철 장사였냐 하면 그냥 한 번쯤 하고 싶었고, 왜 지구본이었냐 하면 전 세계를 향한 내 관심 때문이다. 아직도 '세계'라는 단어가 정확히 뭔지 모르지만 나는 그런 이상에 젖은 푸른 젊음이었다. 그래, 이거다 싶었다. 배를 타고 온 세상을 둘러보는 항해사 말이다.

승선 근무는 전 세계 구석구석을 다니고 싶다는 내 바람에 들어맞는다. 파리, 프라하, 로마, 뉴욕, 도쿄, 시드니, 홍콩처럼 널리 알려진 곳이 아니라 이름 모를 세상에 가고 싶다. 나는 서울 종로나 명동, 강남만 구경하고 가는 여행자가 아니라 전라남도 구례

군이나 경상남도 함양군 같은 곳도 보길 바랐다. 아무나 걷는 가로등 밝은 길이 아니라 호기심을 자극하는 어둑한 골목길에 가고 싶은 것이다. 게다가 항해사로 일하면 소득도 대기업 직원보다 많다. 여러모로 괜찮은 길이다.

물론 염려가 많다. 무엇보다 부모님이 걱정이다. 수개월간, 그것도 파도에 흔들리는 배라니. 분명 어마어마한 태풍과 세상에서 가장 지독한 해적을 만날 것처럼 말씀하실 게다. 동화 같은 연애와 달콤한 신혼을 꿈꾸는 여자 친구도 마음에 걸렸다. 주말 조기 축구도 못할 터. 집 앞 삼겹살집과 우리 동네 명물 떡볶이도 안녕이다. 생각할수록 아까운 것투성이다. 게다가 내가 공부한 신문방송학은 문리 계통이고 항해학은 이공 계통이다. 이제 와서 항해사가 되겠다는 건 우주비행사가 되겠다는 것만큼이나 엉뚱하다.

그렇지만 핑계를 대자면 끝도 없다. 고작 전공이 다르다고 돌아설 수는 없다. 옛날 우리 먼 조상은 동부 아프리카에서 시작해 북극의 노바야젬랴와 에이어스록을 지나 남아메리카 대륙의 끝 파타고니아까지 걸어갔고, 돌로 만든 창끝으로 코끼리를 사냥했으며, 7천 년도 전에 갑판도 없는 배로 북극해를 건넜고, 바람의 힘만으로 지구를 한 바퀴 돌았으며, 또 외계 공간으로 나선 지 10년 만에 달 표면을 걷기까지 했는데, 그런 위대한 조상의 후손인 나는 무어가 두려워 거대하고 안전한 선박을 타는 일 따위에 주춤하고 있단 말인가. 전혀 다른 분야지만 이제라도 도전해야 한다. 지금 나서지 않으면 도도새처럼 영원히 하늘을 나는 법을 잊을 것이다.

물론 내가 좋아하는 것과 나에게 맞는 것은 다르다. 항해가 나에게 맞는지 아직 모른다. 일단 해봐야 한다. 내게 어떤 옷이 어울리는지 입어보지도 못하고 어머니가 입혀준 검은 옷만 입는 이는 얼마나 불행한가.

인생은 긴 여행이다. 모든 것을 만나고 만지고 맛봐야 한다. 시작할 것이다. 실패하더라도 다시, 또 다시 시작할 것이다. 나는 고민이 많지만 앞뒤 재지 않고 열중하는 재준이를 보며 지원서를 썼다.

무모해도 괜찮아,
진심만 있다면

　2010년 2월, 한국해양수산연수원에서 외항상선 해기사 단기양성과정 연수생을 모집했다. 일반인을 해기사로 양성해 해운업계의 인력난을 도우려고 설립한 과정이다. 항해과 50명, 기관과 50명, 총 100명을 뽑았다. 매년 이맘때 선발하는데, 내가 지원한 때부터 평년의 배로 늘었다. 해운업계의 인력 수요가 많을 거라는 전망에서다. 경쟁률이 만만치 않았다. 500명도 넘게 응시했다.

　지원자가 많아 걱정이었다. 무엇보다 나는 배에 대해 아무것도 몰랐다. 배는 어떻게 움직이는지, 선상 조직은 어떻게 구성되는지, 초임 항해사가 무슨 일을 하는지 알 턱이 없다. 그런 질문을 품은 적도 없고, 설령 그렇다 해도 물을 사람이 없었다. 내가 아는 건 부정기선이라는 것을 타면 여러 나라에 갈 수 있다는 게

전부였다. 나는 꼭, 반드시, 진심으로 배를 타고 싶었다. 머릿속은 온통 부정기선, 부정기선, 부정기선뿐이었다.

뭣도 모르고 무작정 지원했다. 배를 타고 싶다는 진심을 담아 지원서를 썼다. 다행히 서류전형을 통과하고 면접을 앞뒀다. 한파가 불어닥친 2월 어느 날 부산 연수원으로 면접을 보러 갔다. 검은 양복을 입은 응시생들이 한기 속에 손을 비비며 차례를 기다렸다. 한 300명쯤 되는 것 같았다. 멍하니 빈손으로 앉은 나와 달리 응시생들은 저마다 항해학이니 운항학이니 하는 책들을 보고 있었다. 아차 싶었다. 내가 너무 쉽게 생각한 게 분명했다. 불안이 밀려왔다.

걱정 속에 면접실로 들어갔다. 응시생 다섯을 한꺼번에 면접했다. 면접관은 선상 경험이 많은 연수원 교수였다. 이런저런 질문이 오갔고, 면접관은 마지막으로 초임 항해사에게 필요한 능력은 뭐라고 생각하는지 물었다. 다들 유창했다. 선내 위생 관리 담당자로서 의약품과 의료 기구를 관리하니 관련 지식에 통달해야 한다는 둥, 각종 문서와 소방 기구를 점검하니 세심해야 한다는 둥, 입출항시 선장을 보좌해 각종 기록을 맡는다는 둥 막힘이 없었다.

이제 내 차례. 나는 딱히 답할 게 없었다. 심장이 쿵쾅쿵쾅 뛰었다. 뭐라도 내놓지 않으면 떨어질 게 뻔했다. 낭떠러지 앞에 선 기분이었다. 넥타이 매고 부산까지 왔는데 쓸쓸히 돌아갈 수는 없다. 짧은 사이 요리조리 머리를 굴렸다. 그럼에도 머릿속 답변은 궁했다. 일단 말을 꺼내고 다음 말을 만들어냈다.

―저는 선박에 대해 잘 모릅니다. 그걸 배우기 위해 여기 온 것입니다. 다만… 저는 초임 항해사의 능력이 따로 있다고 생각하지 않습니다. 항해사는 당직 시간에 선장을 대신해 배를 운항하는 만큼 선장에 필적하는 항해 능력이 필요하다고 생각합니다. 선장이 선교에 없을 때는 당직 항해사가 곧 선장이기 때문입니다. 초임이라고 해서 선장보다 능력이 부족해도 된다는 건 가당치 않습니다. 제가 항해사가 된다면 항상 내가 선장이라는 마음가짐으로 승선하겠습니다.

면접관의 표정이 좋았다. 내가 생각해도 만족스러운 답변이었다. 스스로 대견했다. 월드컵에서 골을 넣은 것처럼 신이 났다. 면접장에 들어갈 때까지만 해도 불안에 떨었다. 아는 게 없기 때문이다. 어떻게든 배를 타야 한다는 의지가 있기에 생각지도 못한 말들이 튀어나왔다.

절박함이 기지를 부른다. 그 기지의 씨앗은 진심이다. 손전등 따위를 비춘다고 별을 볼 수 없듯, 항해학이니 운항학이니 하는 책들이 합격을 보장하지 않는다. 그보다 밤하늘의 별 같은 꿈을 품고 있다면, 불확실성 속에서도 목표를 향해 나아가려 하는 강력한 의지만 있다면 우리는 해낼 수 있다. 무릇 인생에서 보장된 것은 없다. 만일 모든 질문의 답을 미리 갖추고 장애물을 모두 제

거한 후 도전해야 한다면 우리가 할 수 있는 건 아무것도 없다. 부족하고 어려운 와중에 하나씩 이뤄가는 게 인생이다. 별은 어둠을 대면하는 용기와 진심이 있을 때 비로소 볼 수 있다.

나중에 알고 보니 면접은 진심으로 배를 탈 각오가 되어 있는지 살피는 과정이었다. 호기심에 지원해놓고 중도에 포기하거나 수료하고도 선박에서 오래 못 버티는 사람이 적지 않은 모양이다. 기껏 교육해놓고 승선하는 사람이 적으면 연수원도 헛일을 한 셈이 된다. 엉뚱한 사람을 뽑으면 진짜 바다를 꿈꾸는 다른 지원자의 기회를 앗아가는 꼴이기도 하다. 면접을 앞두고 준비해야 하는 건 사소한 지식이 아니라 확실한 목표와 굳은 의지였다. 지식과 기술은 그 다음에 쌓아도 늦지 않다.

⚓

초조한 며칠이 지나고 반가운 합격 소식이 왔다. 새로운 세상으로 가는 티켓을 받은 나는 뛸 듯이 기뻤다. 일이 이렇게 쉽게 풀려도 되는 건가 싶었다. 그날 아무것도 눈에 들어오지 않았다. 나는 벌써 이국의 항구에 있었다. 그 거리와 불빛이 아른거렸다. 이제 텔레비전 속 고래를 직접 본다. 아침, 저녁으로 타는 태양을 맞는다. 밤이면 달을 보고 별을 센다. 갖가지 구름과 벗하고 소나기와 무지개를 맞는다. 약품 냄새나는 수돗물은 안녕. 이제 하늘에서 떨어지는 맑은 물을 얼굴에 댄다. 매연으로 찌든 공기 대신

시리게 푸른 하늘 아래서 크게 숨 쉰다. 아프리카며 지중해며 캐리비안해며 전 세계를 다닌다. 어릴 적에 본 만화영화 〈80일간의 세계일주〉와 텔레비전 세계기행 프로그램이 떠올랐다. 신기하고 재미난 이야기가 가득할 것만 같았다.

사법고시라도 합격한 것처럼 신나서 주변 사람들에게 소식을 전했다. 그런데 기대와 달리 반응은 차가웠다.

—뭐? 배! 배? 배를 탄다고?

—배는 새우랑 참치랑 잡는 거 아니냐?

—배를 타고 어딜 간다 그라노?

—너, 생선 싫어하잖아?

내 계획을 들은 사람들의 반응은 한결같았다. 내가 어렵게 얻은 행운에 고춧가루를 뿌려댔다. 그 어감을 짐작하려면 당시 사회상을 짚을 필요가 있겠다.

내가 세계일주를 결심한 2010년은 어마어마한 첨단의 시대였다. 인류가 문명을 열고 대항해시대와 산업혁명을 지나 한참 전부터 우주를 개척하기 바쁜 격동의 21세기였다. 하늘에는 인공위성이 500기도 넘게 떠다니고, 미국 나사의 스피릿호가 화성에서 물을 발견하고, 스티브 잡스가 청바지를 입고 나와 스마트폰을 내놓고, 서울에서 G-20 정상회담을 열고, 쏘네 마네 하던 나로호가 하늘에서 폭발하고, 두바이에 세계 최고층 건물 부르즈 할리파가 개장하고, 캐나다 밴쿠버 동계올림픽에서 김연아 선수가 세계 최고 기록을 갱신하며 금메달을 따고, 2010 상하이 엑스포가 열리고, 부부젤라를 부는 남아공월드컵에서 우리나라가 16강에 진출하고, 페이스북 회원이 6억 명을 돌파해 지구인의 10분의 1이 하나로 연결되고, 무엇보다 '꼬마'라는 말레이 곰 녀석이 서울대공원을 탈출한 최최최첨단의 시대였다.

덧붙여 이때 내 나이는 스물아홉에 접어들었다. 참고로 역대 위인들의 전기를 훑자면, 예수님은 이 시기에 청년기를 마치고 공생애를 시작했고, 싯다르타는 왕궁을 떠나 구도의 길을 나섰다. 마키아벨리가 오늘날 국무부 차관보에 해당하는 피렌체 제2서기관이 되었고, 백선엽 장군은 제1사단장이 되어 6·25전쟁에 참전했다. 야구선수 박찬호는 이때에 전성기 프리미엄으로 6500만 달러에 텍사스 레인저스에 입단했고, 축구선수 박지성은 12만부가 팔린 첫번째 자서전에 이어 두 번째 자서전을 출간해 22만 부를 판매했다. 무엇보다 스물아홉 그 나이에, 하필 내가 백수였던 바로 그때, 나와 동갑내기인 김정은이 중앙군사위원회 부위원장에 임명되었다. 그 장면을 뉴스로 보면서 나와 친구들은 불가항력처럼 어렸을 때 본 동화 『왕자와 거지』를 떠올렸다. 나는 얼떨결에 "왕자의 행차를 지켜보는 거지 심정이 이랬겠지?"라고 말했다. 친구들은 별 답이 없었다.

이거야 비범한 사람들의 이야기니 조금 거리를 두자 싶으면서도 우리는 슬슬 불안하기 시작했다. 거지의 심정을 짐작하기 시작한 내 친구들의 면면은 대충 이랬다.

기태 녀석은 도서관 이용료가 500원에서 700원으로 오른 것에 비분강개하며 꾸역꾸역 사법고시 공부를 했고, 그러다 가끔 횡단보도에 붙은 다른 친구의 고시 합격 현수막 끈을 몰래 끊으며 스트레스를 달랬다. 재운이는 두 살 터울 동생에게 용돈을 빌려 쓰며 박사 과정을 시작했는데, 만날 교수의 몸종이라고 불평하면서도 아침 일찍 일어나 머슴처럼 학교로 향했다. 신호를 위반한 창훈이는 아들의 기저귀를 접으며 "이제 내 인생은 못 먹어도 고야"라며 눈물을 글썽였고, 그러다 "오늘 아침에 버스정류장에서 말끔한 정장을 차려입고 대기업에 출근하는 〇〇를 만나 씁쓸하게 웃었어. 그 자식 나보다 공부도 못했고 축구도 못했는데"라며 마침내 눈물을 찔끔 흘렸다.

요리사 래영이는 주방 서열 2위가 되었고, 그런데 기뻐하기는 커녕 만성 근육통을 앓는 팔을 만지작거리며 "다음은 내가 그만둘 차례인 거지. 파스타는 무거운 프라이팬을 휘둘러야 해서 젊을 때 잠깐이야. 다른 분야를 찾아야 해" 하며 슬퍼했다. 나로 말하자면 다니던 회사가 마음에 들지 않는다며 뛰쳐나왔지만 아직 허영에 가득차서 만날 입사에 실패하는 그런 보통의 존재, 그러나 아직 가슴속에 꿈을 품은 막바지 젊음이었다.

❋

스물아홉은 그런 나이였다. 대학에서 승차한 20대의 버스는 종점이 다가오고, 이제 30대의 버스로 갈아타야 하는데, 마음에 드는 고속버스는 대체 어디 있는지 온통 마을버스뿐이다. 마침 저기 번뜩이는 고속버스에 오르는 일류대학 출신 친구가 보이는데, 내가 탄 버스는 변변찮아서 고속버스가 있는 곳에 정차하지 않고, 이대로 종점까지 가서 추위에 떨고 싶지는 않은데, 종점이 저 앞에서 매몰차게 달려온다.

슬슬 인생의 방향이 결정되고, 그걸 예감하면서도 받아들이기 힘들고, 그러니 모든 사람이 김연아나 박지성이 되는 건 불가능하다고 백과사전이 말해줬으면 하는 나이다. 우리는 그 시기에 종종 고단했고, 벼락처럼 다가오는 현실이 불안했고, 그런 와중에 희망찬 30대를 꿈꾸며 발악하면서도 내 뜻과 달리 점점 루저가 되어감을 예감했다.

그 스물아홉이 배를 탄단다. 말레이 곰 따위도 서울대공원의 첨단 울타리를 넘는 최최첨단의 시대에 이소연 씨에 이어 우주로 나간다면 모를까, 백수 한 놈이 콜럼버스보다 500년도 늦게 배를 타는 데에는 아무도 관심이 없었다. 짧게 말해 나는 경마장에서 만날 중간쯤 달리던 변변찮은 경주마였는데, 어느 날 "죽기 전에 전 세계의 건초를 다 맛봐야겠다"며 그나마 관심을 갖고 지켜봐주던 가족에게 돌연 은퇴를 선언한 것이다. 그러니 응원하는 사람이 하나도 없는 게 당연했다.

사실 항해사는 사양 직종이다. 반년이 넘게 가족과 떨어져 있으니 해양대학을 졸업한 친구들도 다른 일을 찾는다. 허나 나는 꿈이 있다. 아무도 내 꿈을 제대로 이해하지 못했다.

내 결심은 평범한 사람들의 기준과 어긋난다. 사람들이 만들고 강요하는, 그래서 나도 모르게 고개를 끄덕이던 꿈과 다르다. 그렇다고 내 꿈이 남에게 방해받도록 놔둘 수는 없다. 세상에 나와 같은 관점을 가진 사람이 어디 있겠는가. 남의 의견을 존중하되 선택과 결과는 오직 내 몫이다.

어쩌면 나는 소설 『멋진 신세계』의 '존'처럼 불행해질 권리를 요구하는 것인지도 모른다. 매독과 암에 걸릴 권리를, 기아의 권리, 더러워질 권리, 장티푸스에 걸릴 권리를, 이 모든 권리를 요구하는 것처럼. 그렇다. 나는 자유를 원한다. 파도를 맞을 자유, 흔들리는 배에서 헛구역질할 자유, 뜨거운 적도의 태양 아래서 땀 흘리며 노동할 자유, 달빛을 보며 고국을 그리워할 자유 말이다.

인생은 짧다. 남의 꿈이 아니라 내 꿈을 꿔야 한다. 예나 지금 이나 안정된 인생 항로에 있는 사람들은 제 분야에 얽매지 않고 영역을 넘나드는 사람에게 손가락질했다. 이제 내가 바라는 것을 해야 한다. 삶은 대담한 모험이 아닌가. 그런 삶이 아니라면 시간 의 헛된 흐름일 뿐이다.

이 셈에는 계산기가 필요 없다. 전 세계를 항해하는 꿈 앞에 모 든 게 값어치를 잃었다. 이제 모두 경험할 것이다. 하늘을 올려보 고, 냄새를 맡고, 만지고, 맛보고, 느끼고, 만날 것이다. 1492년 콜 럼버스처럼 나는 배를 타기로 결심했다. 밤이 길었다.

넘어지면
더 큰 내가 일어선다

오션폴리텍에 선발되면 여섯 달 동안 부산 연수원 기숙사에서 지내며 교육을 받는다. 3월 초, 짐을 잔뜩 꾸려 부산에 갔다. 새로운 세상이 나를 기다렸다. 기숙사로 향하는 날, 김예슬이라는 학생이 고려대학교를 자퇴했다. 텔레비전과 신문이 이 소식을 보도했다. 김예슬 양의 말은 대략 이러했다.

"스스로 저지르고 실패하고 성찰하고 일어서며 자신의 길을 찾아가는 삶이 진짜다. 책만이 우리를 만드는 것은 아니다. 우리는 스스로 겪고 만나고 헤매고 상처받고 저항하고 사랑한 만큼 만들어진다. 더 쌓기만 하다가 내 삶이 한번 피지도 못하고 시들기 전에 나는 대학을 거부한다. 자유의 대가로 나는 길을 잃을 것이고 도전에 부딪힐 것이고 상처 받을 것이다. 그러나 그것만이 삶이기에, 삶의 목적인 삶 그 자체를 지금 바로 살기 위해 나는 탈주하고 저항하련다. 생각대로 말하고, 말대로 행동하고, 행동대로 살아내겠다는 것이다."

부산행 열차에서 나는 김예슬 양의 글을 곱씹어 읽었다. 우리는 스스로 경험하고 해낸 것 없이 퇴화했다. 아이는 유치원과 학교에, 옷과 생활도구는 마트와 백화점에, 계단 청소는 전문 업체에, 영혼은 종교에, 건강은 병원에 맡긴다. 매일 운전하면서 자동차 바퀴 하나 교체할 줄 모른다. 생활에 필요한 모든 서비스를 구매하기 위해 우리는 돈을 더 번다. 아이를 직접 보듬지 않고 보듬어 주는 서비스를 구입하기 위해, 바퀴를 직접 교체하지 않고 교체하는 서비스를 구입하기 위해 벌고 또 벌어야 한다. 점점 엉뚱해지는 세상에 나도 모르게 편승해 거대한 산업조직의 부품이 된다. 스스로 불구자가 된다. 김예슬 양은 그 길을 거부한 것이다. 배를 타는 나와 방향은 다르지만 멀리 동지를 둔 것 같아 든든했다.

기대를 품고 달려간 한국해양수산연수원 본관 앞에는 UN 깃발이 펄럭였다. 정확히 UN 산하 국제해사기구IMO 깃발이다. 파란 바탕에 새하얀 지구를 담은 깃발이 힘차게 나부꼈다. 말로만 들어온, 막연하기만 하던 국제기구가 머리맡에 놓였다. 입교하는 날 멍하니 깃발을 치켜봤다. 지구본을 볼 때보다 가깝고 뚜렷한 무언가를 느꼈다. 반년간 이 깃발 아래서 체조하며 아침을 맞았

다. 하루하루가 새로웠다.

연수원에 가니 별별 사람이 다 모였다. 갓 군에서 전역한 스물셋 청년부터 딸아이 대학입시를 걱정하는 마흔여섯 가장까지 세대를 아울렀다. 고등학교에서 학업을 마친 사람에서 석·박사까지 학력도 다양했다. 이전 직업 역시 교사, 연예인 매니저, 운동선수, 요리사, 고시생, 장교, 조선소 엔지니어, 공무원, 항공사 직원, 그리고 신문기자까지 제각각이다. 서로 다른 우리를 엮는 건 '바다' 외에 아무것도 없다. 면접 당시 해양계 대학과 명문대 졸업생, 해군이나 해양경찰에서 바다 경력을 쌓은 사람 등 쟁쟁한 지원자가 수두룩했다. 정말이지 내가 합격한 건 운이라고밖에 할 수 없다.

또래 서넛이 한방을 썼다. 나는 한 살 위 윤구 형, 한 살 아래 영훈이와 룸메이트가 되었다. 윤구 형은 세계여행을 즐기는 자유인이다. 벌써 열아홉 나라를 다녀왔다. 컴퓨터공학을 전공했지만 나에게 컴퓨터 잔 고장을 해결해달라고 부탁할 정도로 공부와는 담을 쌓고 살았다. 동생 영훈이는 해군에서 부사관으로 근무하다 전역과 동시에 연수원에 왔다. 군인 출신답게 늘 근면성실했다. 배울 게 많은 친구였다. 옆방 사람들도 면면이 다양했다. 신학을 공부한 진우 형, 일본어를 전공한 상진 형, 서울대학교를 졸업한 종훈 형, 조선소에서 일하다 온 선희 누나 등 항해과 쉰 명의 자기소개 시간에는 별별 이야기가 다 나왔다. 이렇게 다양한 사람들이 배를 타겠다고 모였다. 참 신기한 인연이다.

해기사 양성 과정은 바쁘게 굴러갔다. 해양대 학생들이 3년 동안 이수하는 전공 필수 과목을 여섯 달 만에 공부해야 했다. 시간표는 오전 9시부터 오후 6시까지 빽빽했다. 내용도 만만치 않았다. 천문항해, 지문항해, 전파항해, 해양기상, 해양법규, 해사영어, 선적실무, 운항실무 등 책만 스무 권이 넘는다. 항해에는 실전 영어 실력이 필요하다. 선박의 기울기를 계산하기 위해 기억 너머 삼각함수를 끄집어냈다. 중학 시절 이런 걸 왜 배우느냐며 푸념하던 삼각함수를 여기서 만날 줄은 상상도 못했다. 세상에 배워서 쓸데없는 건 없는 모양이다.

아무것도 모르는 우리는 완전히 어린아이가 되어야 했다. 갓

중학교를 졸업하고 해사고등학교에 입학한 열일곱 신입생처럼 기초부터 공부했다. 새로운 지식 앞에서 나이니 경험이니 하는 것은 무용지물이다. 스물셋 막내부터 마흔여섯 맏형까지 똑같이 바보가 되어 맨 아래 계단부터 하나씩 올랐다.

우리는 수업 도중 보는 쪽지시험에서 자주 낙제했다. 절반도 못 맞추는 일이 잦았고, 수재 종훈 형조차 낙제 기준인 60점을 겨우 받았다. 낙제를 거듭하면서 연수생들은 자주 불안해했다. 과연 해기사가 될 수 있을지 수없이 자문했다. 불안을 달래기 위해 밤이 깊도록 도서관에서 공부했다. 공부만이 위안이었다.

이제 와서 돌아보면 성공할지 실패할지 걱정할 필요가 없었다. 우리는 수많은 낙제와 실수, 좌절을 거치며 빠른 속도로 해기사로 단련되고 있었던 것이다. 생소한 지식을 배우는 과정은 그렇게 호락호락하지 않다. 실패와 오답은 우리를 다그치는 게 아니다. 모르는 것과 고쳐야 할 부분을 명확히 짚어내는 과정이다. 고통 속에 조금씩 성장해 마침내 한 송이 꽃이 피어나듯, 우리는 의식하지도 못하는 사이 바닷사람으로 변모해갔다.

기나긴 연수원 교육 과정에는 안전실습이 많았다. 화재 진압과 구급조치법, 비상탈출법과 구명정 운전법 등이다. 교육을 받으면서 나는 죽음이란 걸 생각하지 않을 수 없었다. 교관의 표정

은 "너 배 타다 죽을 수도 있으니 단단히 연습해"라고 말하는 것 같았다. 실습할 때마다 구명조끼나 방화복 같은 것을 입었다. 미처 날뛰는 불꽃을 잡고, 찢어진 실습용 피부를 바늘로 봉합하고 (누구든 내 바느질 솜씨를 보면 치료를 거부하겠지만), 밀폐된 선실에서 탈출하고, 높은 데서 물에 뛰어들고, 구명정 안전벨트를 단단히 매면서 나는 내가 배를 쉽게만 보았음을 깨달았다. 다름 아니라 선원은 죽음이라는 놈이 불현듯 찾아와 팔씨름 한판 하자 할 때 당당히 이기도록 훈련받은 사람이다.

교육을 시작한 지 한 달쯤 지나 부산 생활에 익숙해질 즈음 우리는 국립검역소에서 예방주사를 맞았다. 세계 여기저기를 다니면 이런저런 질병에 걸릴 수 있다. 말라리아, 뎅기열, 세균성 이질, 에볼라 출혈열, 장티푸스, 파라티푸스, 주혈흡충병, 수면병, 리프트밸리열, 흑수열, 콜레라, 황열병 등 끝도 없다.

우리는 일단 가장 흔해서 강제 규정이 된 황열병 예방주사를 맞았다. 평생 열 번도 넘게 헌혈 바늘을 꽂았고, 스무 번도 넘게 엉덩이에 주사를 맞아봤지만 팔에 놓는 예방접종 주사는 늘 섬뜩하다. 나는 주사를 맞고 까닭 없이 침대에 누워 시름시름 앓았다. 정신은 말똥한데 힘이 쭉 빠지고 누가 온몸을 세게 주무르는 것만 같았다. 시간이 지날수록 어마어마한 무기력이 찾아왔다. 같이 주사를 맞은 윤구 형은 농구나 한판 하자며 팔팔 날아다녔지만 나는 이상하게 답할 기운도 없었다. 몸살도 아닌 것이 이상한 기분이었다. 혈관에 걸쭉한 진흙이 흐르는 느낌이었다. 연수원 교수는 예방접종 후 열에 하나는 그렇게 앓다가 금방 회복한다고 했다.

사흘이 지나도 차도는 없었다. 의사는 예방접종 탓만 했다. 괴로운 나날이었다. 혼자라는 생각이 절절했다. 의사도 약도 나를 돕지 못했다. 이렇게 이상한 증상을 겪어본 적이 없고, 이렇게 의사조차 돌려보내는 일은 더더욱 없었다. 닷새째에는 책상에 앉아 있는 것도 힘들었다. 전부 귀찮았다. 어디 냉탕에라도 첨벙 뛰어들고 싶은 기분이었다. 입맛이 없으니 얼마 먹지 않았다. 그러니 기운이 빠져 더 먹기 싫었다. 악순환이다. 해외에서 아프면 아마 이런 악순환 속에서 서서히 죽겠구나 싶었다. 내가 상상한 죽음 중 최악의 시나리오다.

눈뜬 송장으로 지낸 지 이레째 밤이었다. 갑자기 온몸에 시동이 걸렸다. 신의 부름을 받은 것처럼, 자신의 무한한 잠재력을 알아차린 슈퍼맨처럼, 에너지를 가득 공급 받은 로봇태권브이처럼 나는 자리를 박차고 일어났다. 온몸이 근질근질했다. 무대에 선 보디빌더처럼 근육에 힘이 잔뜩 들어갔다. 더 눕거나 쳐져 있고 싶지 않았다. 뛰자면 부산에서 서울까지 달릴 것만 같고, 먹자면 자장면 열 그릇도 거뜬할 것 같았다. 그날 나는 다시 태어났다. 세상 어떤 병균도 이겨낼 강한 저항력을 가지고 말이다. 한번 앓아눕고 나는 훨씬 강한 존재가 되어 일어났다.

정직하게
실패하라

연수원 시계는 쉬지 않고 돌아갔다. 늘어지는 여름이 오고, 하나둘씩 긴장도 풀렸다. 공부하기 위해 모였지만 일단 사람이 사는 곳이다. 여럿이 지내니 재미있는 일이 많았다. 우리는 저녁이면 영어회화나 보디빌딩 같은 동아리 활동을 했고, 주말이면 항해과와 기관과가 축구시합을 벌였다. 부산 남구 백운포 체육공원이나 부경대학교 같은 넓은 운동장에서 땀을 흘리고, 돌아오는 길에는 늘 막걸리를 마셨다.

교육생 신분이니 나이를 불문하고 주머니가 얇다. 가정이 있는 사람은 어깨가 더 무겁다. 우리는 가뜩이나 가벼운 주머니를 탈탈 털어 기분을 냈다. 연장자일수록 술값을 많이 내는 우리 정서 때문에 계산할 때마다 나이 마흔여섯인 상진 형이 나섰다. 사춘기 딸을 둔 사정을 모를 리 없다. 그래서인지 형과 합석할 때면 이상하게들 빨리 취했다. 물 한 통을 전우와 돌려 마시며 꿀꺽꿀꺽 목 넘김 소리만 크게 냈다는 이야기처럼, 우리는 다들 까닭 없이 취했다. 그렇다고 해서 그런 속내를 이야기할 수도 없었다. 말로 옮기는 순간 우리는 정말 찌질해질 것이기 때문이다.

다들 속이 깊다. 참 좋은 사람들이다. 연수원 동기들 면면을 보면 몇 가지 공통점이 있다. 집안 사정이 넉넉하지 않다는 점, 작든 크든 실패를 맛봤다는 점, 그 와중에도 좌절하지 않고 어떻게든 해보겠다는 강한 의지가 있는 사람들이라는 점이다. 나는 연수원에서 해기사 면허보다 소중한 것을 얻었는데, 그건 다름 아닌 동기 교육생을 만난 인연이다.

교육을 시작한 지 석 달이 지난 어느 날이었다. 같은 방을 쓰는 영훈이가 교실에 보이지 않았다. 일과를 마치고 기숙사에 가니 짐을 다 싸놓고 우리를 기다렸다. 부모님의 반대가 심한데, 일단 어른들의 말을 따르기로 했단다. 영훈의 소식에 연수생들은 술렁거렸다. 옆방 사람들이 몰려왔다. 환송이라기보다 안쓰러운 눈빛이었다.

―승선해보지도 않았는데 주변 사람들 말만 듣고 어떻게 아느냐. 네 앞길은 네가 판단해야 한다. 여태까지 공부한 게 아깝다.

친동생에게 하듯 진심 어린 충고가 쏟아졌다. 이미 마음을 굳힌 영훈이는 불편한 표정이었다. 죄인이라도 된 것처럼 고개를

들지 못했다. 나는 우리의 충고가 애정이라 생각했다. 만일 우리가 관심조차 없다면 거짓 웃음을 지으며 그냥 보냈을 것이다.

연장자인 상진 형이 쏟아지는 말을 잘랐다.

—차라리 더 늦기 전에 지금이라도 결단한 게 다행이야. 억지로 버티는 것보다 이게 나아. 늦거나 아까운 게 어디 있어. 자신에게 솔직한 게 중요하지. 우리도 다들 이런 식으로 결심하고 여기 왔잖아. 남은 사람들도 언제든 아니라는 생각이 들면 그만둬야 해. 영훈이 네가 솔직하게 용기를 낸 거다.

철쭉이 환하게 핀 밤에 영훈이는 짐수레를 끌고 떠났다. 나는 그 뒷모습을 오래 지켜봤다. 만나고 헤어지는 게 인생지사라지만 이건 단순한 이별이 아니라 동지를 잃은 것이다. 영훈이를 배웅하고 풀이 죽어 돌아오니 빈 침대가 눈에 밟혔다. 멀쩡한 이가 하나 빠진 것처럼 허전했다.

어차피 삶은 생의 이유를 찾는 과정이다. 조금 돌아가더라도 사는 이유를 찾는 게 중요하다. 연수원 과정, 그리고 수료 후 선박 생활에서 삶의 의미와 보람을 찾지 못한다면 어서 제 길을 찾아 떠나는 게 옳다. 돈이나 경력 때문에 억지로 사는 인생은 얼마나 쓸쓸한가. 영훈이 고유의 관점과 목적을 바꿀 수는 없다. 내가 이 길을 가도록 주변사람이 내버려둔 것처럼, 나도 그를 막을 수 없다. 그저 그 앞날을 축복하는 게 마땅하다.

진짜 내 길을 찾으려면 여러 가지를 시도해야 한다. 아무것도 시도하지 않고 남들이 정한 대로 사는 것보다 이렇게 부딪히며 내게 맞는 것을 찾아가는 과정은 반드시 필요하다. 검정색 옷만 입을 게 아니라 파란 옷도 입어보고 빨간 옷도 입어보며 제게 어울리는 옷을 찾듯이 말이다.

그걸 조금은 알기에 우리는 그를 비난하지 않았다. 상진 형 말대로 일찍 떠나는 게 나은 선택일 수 있다. 떠났다고 해서 실패자는 아니다. 다시 시도해 제 적성을 발견하는 용기라고 생각한다. 인생은 단답형이 아니라서, 틀리고 실패하는 과정을 거쳐야 헛것을 버리고 내 것을 찾을 수 있다. 나만의 길, 진짜 인생은 그런 후에 찾아온다. 모쪼록 영훈이가 어디서든 삶의 이유를 반드시 찾기를, 마침내 제게 맞는 옷을 발견하기를 바랐다.

5년이 지난 지금, 연수생들은 하나둘씩 때를 정해 바다를 떠났다. 이제 떠난 자와 남은 자가 뚜렷하게 갈렸다. 떠나건 남건 제게 맞는 길을 찾아간 것이라 믿는다. 우리는 용기 있게 새로운 길에 도전한 사람들이니까 말이다. 처음 목표대로 해기사가 된 사람들은 공부를 잘하거나 열정이 남달랐던 게 아니다. 남은 자는 끈질기게 인내했고, 떠난 자는 정직하게 실패를 인정했다. 그리고 다시 다른 길을 찾아간 것이다. 우리는 방황 속에 잘못 내딛은 수많은 발자국으로 길을 내었다.

도전은 창피함을
무릅쓰며 시작된다

해기사가 되려면 관련 교육을 받고, 면허 시험에 합격한 후, 1년 간 선박에서 실습하며 실무 능력을 검증받아야 한다. 이 과정을 마쳐야 해기사(항해사와 기관사를 통칭) 면허를 발급받는다. 국제 규정이다. 겨우겨우 연수 과정을 따른 지 다섯 달, 이제 마지막 한 달이 남았다. 수료식이 다가올수록 우리는 불안했다.

과연 실습 자리를 구할 수 있을지 조바심 났다. 우리는 아직 바닷물이 덜 들었다. 배라고는 아무것도 모르는데 책을 조금 봤다고 해서 선원인 척하기에는 자신이 없었다. 게다가 해운 경기가 바닥이다. 대형 선사의 주식 가격이 폭락하고, 국내 5대 선사 중 하나가 법정 관리에 들어갔다. 허리띠를 졸라매도 모자란 때에 쓸데없이 실습생을 뽑지 않을 수 있다는 위기감이 몰려왔다.

게다가 우리는 해양대생들이 대거 배출되기 전에 자리를 구해야 했다. 비주류이기에 남보다 부지런해야 했다. 모든 조건을 갖추면 어려울 게 없다. 우리는 못 갖춘 상태에서 살아남아야 했다.

연수생들은 모일 때마다 신문에서 보거나 어디서 주워들은 해운회사 이야기를 나눴다. 눈빛이 반짝반짝했다. 지나가는 말에 화들짝 놀라서 허둥대는 일도 많았다. 불안한 끝에 삼삼오오 모둠 지어 부산 중앙동에 몰려 있는 해운회사에 찾아갔다. 눈도장이라도 찍자는 요량이다.

나도 중앙동에 갔다. 다른 연수생들은 맨 처음 한진해운이니 현대상선이니 하는 대기업으로 향했지만 나는 달랐다. 나는 타고 싶은 배가 따로 있다. 내 목표는 부정기 벌크화물선 회사에서 실습하는 것이다.

선박의 종류는 무척 다양하다. 흔히 아는 유조선과 컨테이너선을 비롯해 석탄이나 철광석을 싣는 벌크화물선, 신나와 벤젠 같은 화학 물질 운반선, 어객선, 차량운반선 등이 있다. 보통 정해진 항구만 왕래하는 '정기선'과 번번이 다른 곳을 항해하는 '부정기선'으로 구분한다. 정기선은 유조선과 컨테이너선이 대표 격이다. 이런 배는 시일을 다퉈 바삐 운항하는데다 항구에서 화물을 바삐 내리고 올리기 때문에 접안해도 외출하기 힘들다. 배가 너무 크면 수심이 깊은 선진국의 일부 항구만 기항한다. 그런 면에서 나는 정기선과 큰 배는 피하고 싶었다.

선사를 꼼꼼히 알아봤다. 부정기 벌크선이 있는 회사 목록을 뽑았다. 대충 열다섯 곳 정도가 나왔다. 연수원에서 중앙동까지 한 번에 가는 버스가 있다. 전화한다고 해서 반기는 눈치도 아니어서 매일 한 군데씩 찾아갔다. 담당자가 없는 경우가 많았고, 의자에 빤히 앉혀놓고 기다리게 하는 일도 다반사였다. 끝내 담당 직원 얼굴도 못 보고 이력서와 자기소개서를 놓고 나오는 날이 허다했다.

　—알겠습니다. 연락할게요.

　직원들은 대부분 무신경하게 답했다. 나는 '연락하지 않겠다'는 말투로 "연락하겠다"고 말하면 '연락하지 않겠다'는 뜻임을 깨달았다. 처음에는 불친절한 응대에 적잖이 당황했다. 잡상인이라도 된 기분이었다. 예전에는 언제 어디든 불쑥 찾아가도 신문사에서 왔다고 하면 벌떡 일어나 반겼다. 나는 더 이상 기자가 아니고 뽑아도 그만, 안 뽑아도 그만인 실습생 자리를 구해야 한다. 이제 내게 명함은 없다. 맨손으로 세상에 달려들어야 한다. 나는 그 사실을 받아들여야 했다. 솔직히 내키지 않는다. 하지만 내게는 끝끝내 이뤄야 할 목표가 있지 않은가.

　그렇게 보름이 지나고, 다시 일주일이 갔다. 수료를 일주일쯤 앞두고 연수원에서 취업박람회를 개최한 덕분에 동기생 대부분이 선사를 구했다. 동기들 소식을 들을 때마다 조바심이 났지만 나는 되는대로 아무 선사나 들어갈 수 없었다. 부랴부랴 중앙동으로 달려갔다. 눈 익은 사무실에 다시 찾아갔지만 "연락하겠다"
는 말뿐이었다. 진짜로 나중에 연락을 준다 해도 이제 수료가 코
앞이니 기다릴 수도 없다. 나는 실의에 빠져 중앙동 어느 편의점
담벼락에 쭈그려 앉았다. 8월, 무더운 여름이었다.

⚓

덥고 습한 공기가 덮쳤다. 내 몸 구석구석까지 절망의 소금이
켜켜이 스며드는 것 같았다. 나는 숨 죽은 배춧잎처럼 축 처졌다.
집 떠나 멀리 부산까지 온 것은, 더부살이하듯 밥이며 옷이며 잠
자리를 얻어 쓰며 지낼 수 있었던 것은 꿈이 있어서다. 단순히 자
격증이나 직장을 얻고 싶은 게 아니다. 그랬으면 신문사를 그만
두지도 않았을 것이다. 내게는 젊을 때 전 세계를 구경하고 싶다
는, 누가 보면 바람 잔뜩 든, 조금은 허무맹랑하고 또 배부른, 그
러나 절절한 꿈이 있다. 신이 있다면 이런 나를 위해 남들이 꺼리
는 허드레꾼 자리 하나 남겨두지 않았을까 싶었다. 막막한 가운
데서도 그런 실낱같은 행운을 바랐다.

시원한 음료를 쭉 들이키는데 저만치 낡은 건물 창문에 '中央
商船(중앙상선)'이라는 한자가 적혀 있는 것이 보였다. 창문에 붙
인 스티커가 과자처럼 바짝 말라 모서리부터 벌어졌다. 무심코
보면 신문사 지국이나 중국음식점으로 오인할 것 같은 글씨였다.
해운회사인지 의심스러웠다. 무더위에도 창문이 열려 있었다. 사

람이 있다는 뜻이다. 이미 두드릴 만큼 두드렸고 시간도 늦었다. 사람을 지치게 만드는 무더위와 그보다 나를 지치게 하는 직원들의 무관심이 두려웠다. 어서 돌아가 찬물로 시원하게 씻고 싶었지만 마음을 돌려 한 번 더 가보기로 했다. 열다섯 곳을 돌았는데 한 군데 더 못 갈 소냐.

신도빌딩이라는 낡은 건물에 들어가니 80년대 영화에나 나올 법한 사무실이 나왔다. 낡은 가죽소파는 다 헤져서 안감이 빠져나왔고, 어두운 초록색 의자와 철제 책상은 30년 전 이 회사가 생겼을 때부터 있던 것 같았다. 80년대 고문기술자가 거만하게 구둣발을 올려놓는 그런 책상 말이다. 사무실이 곧 회사 역사박물관이다.

혼자 있는 여직원에게 이것저것 물었다. 직원은 시큰둥하게 회사 소개 책자를 내줬다. 달랑 두 장짜리 팸플릿이었다. 아무것도 모르고 간 중앙상선은 선박 세 척을 보유한 작은 회사였다. 그러니 인터넷을 검색해도 나오지 않았다. 정말 작은 회사다. 연수원 동기들 사이에서 이 회사는 입방아에 오르지도 않았다. 가만 보면 낡은 창문은 일부러 신문사 지국이나 중국음식점과 헷갈리게 만들려는 의도가 아닌지 의심스러웠다.

―그래, 여기야!

중앙상선은 정확히 내가 찾던 회사다. 내게 이 회사가 매력적인 건 세 척 모두 중형 부정기 벌크화물선이라는 점. 배가 여럿인

회사에서 일하면 자칫 정기선에 배정받을 수 있다. 나는 온 나라 곳곳을 다니기 위해 배를 탄다. 그러니 내가 일할 곳은 중앙상선 뿐이다. 이 회사 배는 포장하지 않은 콩, 옥수수, 설탕, 석탄, 철광석, 보크사이트 등을 통째로 실어 옮기는 산물선이다. 다양한 항구에 입항해서 오랫동안 짐을 부린다. 주변 도시를 자주 여행할 수 있는 기회가 생기는 것이다.

—혹시 실습생을 뽑을 계획이 있습니까? 지금이 아니라도 꼭 지원하겠습니다.

여기까지 왔으니 그냥 갈 수는 없다. 내 이력서는 이미 전단지 꼴이다. 다짜고짜 이력서를 내밀었다. 마침 회사는 실습생이 필요하지만 해양대 학생들이 배출되는 시기가 아니어서 고민하고 있었단다. 이런 때에 수료를 일주일 앞둔 내가 문을 두드린 것이다. 얼마 후 선원 담당 직원이 외근을 마치고 돌아왔다. 직원은 잠시 고민하더니 며칠 후에 면접을 보자고 했다. 뛸 듯이 기뻤다. 아무래도 그 자리는 딱 나를 위한 것이다. 이 시기에 해양대 학생들을 뽑을 수 없고, 이렇게 스스로 찾아온 사람은 나뿐이니 예감이 좋았다

다음날 회사는 급하게 면접 공고를 냈고, 며칠이 더 지나서 나는 교육생 몇몇과 함께 면접했다. 면접관이 내게 질문을 많이 하지 않는데도 불안하지 않았다. 다시 며칠 후, 예감대로 나는 합격 소식을 받았다. 포기하기 직전, 마지막 시도가 성공한 것이다. 열다섯 번째에 포기했더라면 나는 영영 절망했을지도 모른다. 아무도 반기지 않는 사무실에 잡상인처럼 들어가서 기약도 없이 내 사진이 붙어 있는 서류를 내밀고 오는 과정은 고통스러웠다. 내 얼굴이 싸구려 전단지가 된 느낌이었다. 그보다 힘든 건 거절당하는 것이다. 그런 고통의 반복 끝에 행운이 찾아왔다. 과연 행운이라는 놈은 모든 것을 포기하기 직전에, 신의 섭리인 것처럼 찾아오는 모양이다. 마치 내가 얼마나 절실하게 원하는지 확인하려고 인내심을 시험하는 것처럼 말이다.

생각해보면 이렇게 발품을 팔고 내 얼굴이 싸구려 전단지가 되는 걸 감수하면 못할 일은 없다. 내가 그리한 건 절실함이 있기 때문이다. 신문사를 그만두고 나서 여러 회사에 지원했지만 줄줄이 낙방했다. 이만큼 열의가 없었던 탓이다. 그걸 하지 못한다면

삶이 깜깜해질 것 같은, 그렇게 간절하게 바라지 않았기에 자기소개서 어디에도 인사담당자의 마음을 움직이는 구석이 없었을 것이다. 진심을 담아 비가 오기를 염원하면 언젠가는 비가 내린다. 신이 비구름을 움직이는 게 아니라, 진심이라면 비가 내릴 때까지 인내할 수 있기 때문이다.

이제 10시간이 지나면 출국이다. 깊은 밤에 내가 지하철에서 팔던 지구본을 둘러보았다. 이제 이 둥근 지구를 마음껏 쏘다닐 것이다. 지구 전체를 선물 받은 아이처럼 여기저기 살펴보느라 잠을 못 이뤘다. 소풍 전날처럼 눈을 감아도 생각이 쏟아졌다.

배는 법적으로 부동산에 해당하고 관습상 여성으로 대한다. 뱃사람끼리 하는 말로 배는 부인을 만나는 것처럼 천운에 달렸다. 인천에서 일하며 부두에 정박한 선박 옆을 수도 없이 지나다녔지만 내가 배에서 일하게 될 줄은 꿈에도 몰랐다. 그런 내가 몇 번의 고비와 몇 번의 운, 그리고 15전 16기가 겹치고 겹쳐 '써니영'이라는 배를 탄다. 과연 신은 내 인내력을 시험하려는 것이었을까. 숱하게 넘어져 포기하려 할 때 다시 일어서는 사람에게 길이 열린다. 신은 언제나 꿈꾸는 자에게 축복을 내린다고 하지 않는가. 나는 진심으로 그렇게 믿게 되었다.

2부

항해

모험의
시작

아쉬운 하루는 쏜살같이 지나고, 아침은 득달같이 밝았다. 괜히 집에서 미적거리다 뒤늦게 부랴부랴 인천공항으로 질주했다. 공항버스에 탄 가족들은 장례식장이라도 가는 표정이다. 버스는 영구(靈柩)차 같았다. 말없이 앞만 보고 갔다. 사랑하는 사람을 만날 수 없다는 단절감과 나 없이도 세상이 잘 돌아간다는 사실을 인정하는 서글픔. 내가 떠나도 가지마다 꽃이 피고 다들 행복하게 살아간다는 질투심까지. 곰곰이 생각하면 승선은 죽음과 비슷한 구석이 있다. 허나 나는 사후세계를 확신하는 광신도처럼 혼자 들떴다. 이 긴 여행을 마음껏 즐기자고 다짐했다.

김포공항을 지나는 길에 전망대가 보였다. 그래! 올해가 10년째다. 1999년 어느 겨울날이다. 40대 젊은 목사는 중고생 쉰여 명을 데리고 김포공항 국제선 청사를 찾아갔다. 변두리에서 온 장난꾸러기들은 피부색이 다른 외국인과 키 큰 승무원을 보며 입을 다물지 못했다. 아이들이 도착한 곳은 공항 전망대. 커다란 비행기가 코앞에서 활주로를 박찼다. 손에 잡힐 것 같던 비행기는 금세 창공으로 사라졌다. 그 뜨거운 기분을 어떻게 말로 옮길까. 왁자지껄하던 학생들은 벙어리가 되어 비행기를 바라봤다. 목사는 말했다.

　—우리 오늘부터 전 세계를 향한 꿈을 꿉시다. 10년 뒤에는 우리가 저 비행기를 타고 넓은 세상으로 나갑시다.

　모두 진지했다. 저마다 생각이 깊었다. 무리 구석에 있던 나 역시 아무에게도 들키고 싶지 않은 꿈을 몰래 품었다. 막연하지만 그날 가슴속 꿈이 한 치는 자란 느낌이었다. 우리를 이끈 건 서울 신일고등학교 임일국 교육목사님이었고, 나는 정확히 10년 뒤인 오늘 비행기를 탄다.

　나는 서울 구로구와 경기도 부천시의 경계인 항동에서 자랐다. 여름이면 저수지에서 수영하고 가을에는 마른 논에서 쥐불놀이를 하며 놀았으니 학원이라는 걸 몰랐다. 나와 친구들은 늘 서울 중심부에 사는 아이들에게 열등감을 느꼈다. 지금 보니 사람의 앞날을 좌우하는 건 고액 과외가 아니라 진심 어린 가르침이다. 학창시절에 임 목사님 같은 분을 만나 쌓은 작은 체험이 내 삶에 굵은 씨앗이 되었다.

경험 많은 선원들은 일찌감치 도착한 모양이다. 약속한 곳에 가니 두 남자가 무척 어색하게 서서 나를 기다리고 있었다. 같이 출국하는 갑판장과 조리장은 30년 넘게 배를 탔단다. 언뜻 봐도 내 아버지와 연배가 비슷했다.

—안녕하십니까? 실습항해사입니다.

—반갑소. 실항사. 비행기 표는 이쪽에서 끊어야 하나?

우리는 무미건조하게 악수했다. 눈빛도 나누지 않고 여정을 서둘렀다. 대개 선원이 이렇다. 헛웃음을 짓는 법이 없다. 메마르리만큼 무뚝뚝해서 괜히 반가운 척 할 줄도 모른다. 우리는 항상 낯설게 만나 낯설게 배에 오르고 낯설게 일한다. 그러나 선원은 시간을 잘 지키고, 제 일에 책임을 다하며, 일한 만큼만 버는 성실한 사람들이라는 것을 나는 안다. 한배에서 생사고락을 함께하는 동안 우리는 가족이 될 것이다.

—아직 한 사람이 안 왔소. 실습기관사라고 하던데, 젊은 양반이 더 늦는구면. 쯧쯧. 어쨌든 도모다찌(친구)가 있으면 실항사는 심심하지 않을 테니 잘됐네.

갑판장의 말이 끝나기 무섭게 저만치에서 인류학 서적에 나오는 크로마뇽인을 닮은 젊은 남자가 뒤뚱뒤뚱 걸어왔다. 이삿짐처럼 커다란 가방을 셋이나 끌고 말이다. 짐만 봐도 그 크로마뇽인이 우리가 기다리는 지각생이라는 걸 알 수 있었다. 나는 남자의 모양새를 보며 "동료가 있어 잘됐다"는 갑판장의 위로가 헛말이 되리라 예감했다.

　—실습기관사입니까? 무슨 짐이 이리 많소? 이사 가요?

　—아, 예. 컴퓨터랑, 게임기랑, 게임 CD랑, 태블릿이랑, 모니터랑, 베개랑 다 챙겨왔거든요. 헤헤. 준비는 철저할수록 좋잖아요. 으하하.

　실기사는 "나 참 잘했죠?" 하는 순진한 표정으로 자기가 챙겨 온 물건을 줄줄이 설명했다. 참고로 우리는 시간이 넉넉하지 않았고, 우리 중 그 안에 뭐가 들었는지 알고 싶은 사람은 없는 것 같았다. 실기사의 말을 들은 우리는 어안이 벙벙했다. 선상 경험이 많은 두 노(老)선원은 한쪽 어깨에 메는 단출한 가방에 속옷과 생필품을 챙겨온 게 전부다. 배를 처음 타는 내가 생각해도 먼 길에 게임기까지 챙겨오는 건 너무했다. 게다가 비행기에 실을 수 없는 액체와 약품을 비롯해 선박에 많이 있는 비누와 베개까지 가져왔다.

　비행기를 처음 타는 크로마뇽인은 짐 무게에 제한이 있다는 것, 초과분은 과금한다는 것도 몰랐다. 출국을 앞두고 이렇게 무작정 왔다는 게 놀라웠다. 우리는 그 자리에서 짐을 열어 필요 없는 것들을 빼냈다. 실기사 덕분에 외국인 관광객들은 인천국제공항에서 우리나라 도떼기시장을 구경했고, 거기서 크로마뇽인은 어젯밤 내가 집에서 물건을 넣었다 뺐다 하며 짓던 표정을 똑같이 지었다. 가차 없이 빼낸 끝에 짐을 3할쯤 줄이는 데 성공했지만 시간을 많이 허비했다. 우리는 곧장 출국 수속을 시작했다.

수속은 정신을 쏙 빼앗았다. 무거운 선박부속과 미화 3만 달러 선용금, 각종 문서를 챙겼다. 공항세관은 상자를 모조리 열어서 안에 뭐가 들었는지 일일이 확인했다. 처음이니 누가 사기를 쳐도 몰랐을 거다. 그 바람에 가족을 돌아보며 눈시울 붉힐 짬도 없었다. 짧게 포옹하고 반 제정신으로 출국심사대로 갔다. 수속을 마치니 이번에는 번뜩이는 면세상가가 반겼다. 우리는 상점을 기웃거리지 않았다. 그 대신 구석에 있는 점포에서 관광진흥개발기금 1만 원을 돌려받았다. 여행이 아닌 목적으로 출국하는 승객에게는 항공권 가격에 포함된 기금을 환급해준다.

―당신은 관광객이 아니군요!

손에 든 푸른 지폐가 내게 말하는 것 같았다. 지폐를 보고 나서야 내가 놀러가는 게 아니라는 걸 실감했다. 공항에서 나는 휴대전화 메신저에 '배 타고 세계일주 중'이라고 적었다. 그 한마디로 나와 얽히고설킨 고국의 지인들에게서 멀리 떨어져 나갔다. 아주 짧은 사이 나는 먼 세상 사람이 된 것이다. 이제 나는 피부색 다른 사람들과 먼 세상으로 떠난다. 모험으로 가득한 진짜 세상을 향해!

모험의 입구에서 나를 기다린 건 고문 같은 6시간 비행이었다. 이코노미석 좁은 의자, 그것도 3인석의 중간. 그 와중에 격투기 선수 효도르를 닮은 옆자리 어깨깡패의 노린내에 취해 승무원이 주는 음식을 받아먹으며 나는 이게 내 여행의 시작이라는 것에 실망하지 않을 수 없었다. 모험의 설렘은 시작하기도 전에 산산조각 났다. 녹초가 된 나는 뒤통수에 커다란 까치집을 달고 비행기에서 내렸다.

싱가포르는 태평양과 인도양을 잇는 말라카해협의 입구, 말레이반도 끝에 있다. 세계적으로 이름난 배들의 휴게소다. 대양을 건넌 배들이 중간에 들러서 선원을 교대하고 연료와 음식, 각종 부품을 싣는다. 가격이 저렴하고 이런 쪽 산업이 발달해 뭐든 일사천리다. 공항에 선원 전용 출입국 통로가 있을 정도다. 출구에는 선원을 배까지 안내하는 현지 에이전트가 바글거렸다. 공항에서 누가 팻말을 들고 나를 맞아주기는 처음이다. 환영받는 기분이 들었는데 시간이 지날수록 감시받는 느낌이 들었다. 이 친구만 아니면 가는 길에 맥주나 한잔 들이켜고 유명하다는 유니버셜스튜디오에 잠시 들를 텐데 말이다. 수험생이 방과 후 학교 정문에서 기다리는 학원버스에 실려 가는 것처럼 우리는 봉고차를 타고 선착장으로 직행했다.

적도 위 도시는 몹시 뜨거웠다. 기온이 38도라는데, 땀에 젖은 크로마뇽인의 겨드랑이를 봐서는 50도도 넘어 보였다. 거리는 넓찍한 나뭇잎, 소란스런 이방 언어, 코를 자극하는 이국의 향기로 가득했다. 열대의 습한 기운이 폐 속 깊이 스몄다. 익숙한 걸 찾아볼 수 없다. 운전석이 오른쪽인 자동차, 왼쪽으로 달리는 도로, 차보다 많은 오토바이, 오토바이보다 많은 사람들에 정신을 빼앗겼다. 창밖으로 스치는 낯선 광경을 보며 내가 멀리 타국에 왔다는 걸 실감했다.

곧장 선착장에 가서 작은 짐배를 타고 묘박지로 나아갔다. 시내를 구경하지 못한 게 못내 서운했지만 난생처음 보는 희한한 바다가 나를 반겼다. 싱가포르 앞 바다는 온통 옥빛. 맑은 하늘에 구름이 옹기종기 모여 다녔다. 구름은 금세 모이고 흩어졌다. 그러다 한가운데에 동그랗게 주둥이를 내밀더니 열대 소나기 스콜을 시원하게 뿌렸다. 육지에서 볼 수 없는 신비한 광경이 흔하게 펼쳐졌다. 기름을 넣으러 온 선박 수백 척이 빽빽하게 닻을 놓고 있었다. 작은 보트는 거대선 사이를 비집고 한 시간쯤 달렸다.

멀리 써니영호가 의젓하게 앉아 우리를 기다렸다. 우리말로 하면 '찬란한 젊음'쯤 되겠다. 나를 만나기 위해 거친 파도를 가르고 이 멀리까지 온 것 같았다. 배가 무척 크다. 길이가 229미터로 축구장의 1.5배다. 이대호 선수가 끝에서 홈런을 쳐도 이 배 중간에 떨어진다. 높이는 51미터다. 15층 건물이 물 위에 떠 있는 셈이다. 엔진은 말 1만 3천 마리가 끄는 힘을 낸다. 물론 짐작이 안

될 것이다. 엔진 크기가 3층 건물과 맞먹고, 하루에 연료를 3만 리터, 3초에 1리터씩 먹어치운다면 조금 이해가 될지 모르겠다.

콩, 옥수수 같은 곡물이나 석탄, 철광석 같은 광물을 8만 톤쯤 싣고 전 세계를 돌아다닌다. 8만 톤이면 20톤 트럭 4천 대 분량이다. 트럭 4천 대가 한꺼번에 배에 들어간다. 단위를 바꿔서 8만 톤이면 8천만 킬로그램이다. 이 배에 1킬로그램짜리 옥수수 봉지를 8천만 개나 실을 수 있다. 한마디로 8천만 명에게 옥수수를 1킬로그램씩 나눠줄 수 있다. 남북한 모든 국민에게 주고도 남는다. 그러니까 사돈의 팔촌은 물론, 내가 좋아하는 가수 '씨스타'처럼 텔레비전에 나오는 모든 연예인, 대통령과 장관, 모든 군인, 뉴스에 나오는 북한 아이들에게까지 인심을 쓸 수 있는 양이다. 심지어 초등 시절 나를 괴롭혔던 짝꿍과 우리 동네 술주정뱅이 양씨, 그리고 김정은 국방위원장에게도 주자면 뭐, 줄 수도 있다. 어차피 남으니까.

써니영은 짐을 싣지 않아 물 위에 높게 떴다. 수면 아래 잠겨 있던 선체가 물 밖으로 솟았다. 배 옆에 밧줄과 나무를 대어 만든 줄사다리가 매달려 있었다. 한 15미터쯤 되어 보였다. 광우는(실기사 이름이 광우다. 크로마뇽인을 닮은 광우) 사다리를 보더니 어처구니가 없다는 듯이 내게 물었다.

─우리, 이 줄사다리를 잡고 올라가야 하는 거야?

─글쎄… 엘리베이터가 있을 것 같지는 않은데?

풋내기들의 대화를 들었는지, 연로한 갑판장과 조리장이 보란 듯이 사다리를 타고 성큼성큼 올라갔다. 나도 어쩔 수 없이 따라 올랐다. 사다리가 좌우로 휘청거릴 때마다 바닷물에 풍덩 빠질 것만 같았다. 나를 따라오던 광우는 사다리를 잡자마자 "으악, 으악" 롤러코스터를 탈 때처럼 비명을 질렀다. 힘이 들어서인지 녀석이 창피해서인지 나는 얼굴이 빨개져서 갑판까지 올라갔다.

하늘이 노래서 숨을 헐떡이는데 피부색이 다른 선원이 방긋 웃고 있었다. 버마 출신 갑판수 꼬산과 갑판원 쪼커였다. 이 배에는 한국인 선원 11명과 버마 선원 9명을 합해 20명이 승선한다. 두 선원이 입고 있는 작업복은 페인트와 기름때가 잔뜩 묻어 헤졌다. 햇볕에 얼굴을 얼마나 그을렸는지 이가 유난히 하얘 보였다. 낯선 선원의 깊게 패인 주름이 고된 항해를 말하는 것 같았다.

내 방은 일반 선원들이 모여 있는 셋째 층 오른쪽 끝이다. 배의 맨 위층은 선교, 그 아래는 선장과 기관장을 포함한 사관들의 방이다. 바로 아래층에 일반 선원의 방이 있고, 그 아래는 식당과 휴게실, 사무실이다. 한마디로 내 방은 일반 선원 층의 갑판부 방향 가장 구석이다. 선박은 그 특성상 계급을 엄격히 구분한다. 방의 위치나 크기, 식당의 밥 먹는 자리에도 묘한 서열이 있다. 영국 여왕도 배에 오르면 상석인 선장의 자리에는 앉지 않는다. 물론 내 자리 같은 말단에 앉지도 않겠지만. 구석진 방에 들어가는 순간 나도 모르게 꼬리에 해당하는 내 선상 서열을 실감했다.

곧장 짐을 풀고 의자에 앉아 숨을 골랐다. 잔잔한 바다에서 묘박 중인데도 배가 좌우로 흔들리는 것 같다. 복잡 미묘하다. 막상 승선한 배는 다른 세상이다. 갑판은 먼지와 기름투성이. 계단과 통로는 비좁고 천정은 낮아서 머리를 누른다. 실내에서는 퀴퀴한 냄새가 난다. 밖에 넓은 바다가 있지만 당장 내 앞에는 좁은 선실 뿐이다. 이런 골방에 갇혀서 1년을 지내야 한다니 눈앞이 깜깜하다. 단꿈에 젖어 피터팬이 내민 손을 잡고 잠옷 바람에 밤하늘을 날았는데, 막상 나오니 오들오들 밤바람이 춥기만 한 것이다.

 그래, 이제부터 꿈이 아닌 현실이다. 물러설 곳이 없다. 견뎌야 한다.

 고개를 돌리니 꽉 막힌 방에 달린 작은 창으로 어렴풋이 햇볕 한줄기가 들어온다. 침대와 책상, 소파, 옷장이 야무지다. 배가 흔들려도 움직이지 않도록 잘 짜 맞췄다. 방마다 있는 화장실 안은 일본식 호텔처럼 필요한 것만 알맞게 배치했다. 방문을 여니 좁은 복도와 계단이다. 미로 같은 선실에 똑같이 생긴 방들이 어찌나 많은지, 이 방이 저 방 같고, 그 방은 또 아랫방과 똑같다. 이 좁은 공간에도 각기 잠자리가 있고 밥 먹는 자리가 있다. 여기저기서 사람들이 불쑥불쑥 나왔다. 각자 공구를 집어 들고 제 일에 바쁘다. 잘 훈련된 개미나라에 온 것 같았다. 달라진 일상을 맞는 두려움 사이로 새로운 것을 향한 호기심이 샘솟았다.

거울은 먼저
웃지 않는다

배는 정신없이 바빴다. 내가 투명인간이라도 된 건지, 아무도 나를 신경 쓰지 않았다. 여기저기 인사했지만 저마다 일에 정신이 팔려 건성으로 대꾸했다. 있어도 그만, 없어도 그만인 실습항해사에게 시간을 쪼깨 응대할 사람은 없다. 싱가포르에서 연료나 음식, 각종 부품을 싣는 일은 배에서 손에 꼽을 만큼 바쁜 순간이다. 나는 배가 어떻게 생겼는지, 어디에 뭐가 있는지, 내가 뭘 해야 하는지 모르니 그 난리 통에 꾸어다 놓은 보릿자루마냥 쭈뼛쭈뼛 서 있었다. 아무도 나를 환영하지 않는 것 같아 서러웠다.

멀리서 실기사를 닮은 남자가 드럼통을 번쩍 들어 옮겼는데, 다들 자동차 정비사들이 입는 파란 작업복을 입고 있어서 못 알아봤다. 실기사 광우는 나와 동갑이자 연수원 동기다. 연수원에서는 기관반과 항해반이 섞일 일이 많지 않아 공항에서 통성명했다. 그는 해군에서 복무한 승선 경력이 있다고 했다. 군 복무 당시에는 함정에 배치된 게 원망스러웠는데 뜻하지 않게 도움이 될 줄은 몰랐단다. 크로마뇽인이 부러웠다. 경험이 많아서 그런지 일도 잘하는 것처럼 보였다.

나는 눈치껏 짐을 옮기거나 잔심부름을 하며 일을 도왔다. 선미에 가니 배 주위로 작은 장삿배 네 척이 달라붙었다. 중환자가 온몸에 주삿바늘을 꽂은 것처럼 갖가지 줄을 엮었다. 왼쪽에 붙은 배가 연료관을 연결했다. 오른쪽에서는 각종 윤활유를 넣었다. 배 뒤쪽에서는 크레인으로 물과 쌀, 과일, 음료 등 식재료를 실었다. 우리는 전 세계 곳곳에서 물건을 싣는다. 그러니 배에 있는 것은 산지가 제각각이다. 연필은 한국산, 지우개는 중국산, 종이는 인도네시아산, 도장은 네덜란드산이다. 낯선 물건, 낯선 음식 천지다.

누구보다 긴장하는 건 기관사다. 이곳에는 양을 속이는 장사꾼이 많다. 배에서는 줄자로 기름 탱크가 잠긴 정도를 재서 넣은 양을 계산하는데, 방식만 달리 해도 수천 리터, 수천만 원어치가 달라진다. 조금 넉넉하다 싶으면 어김없이 바닥에 물이 들어 있다. 속이려는 자와 속지 않으려는 자의 신경전이 팽팽하다. 재미있는 건, 기관사들은 후진국에서 정제한 연료를 좋아한다. 배에 넣는 벙커C유는 원유에서 휘발유, 경유, 등유, 중유, 벙커A유를 만들고 남은 찌꺼기다. 우리나라같이 정제 기술이 좋은 곳에서는 좋은 성분을 남김없이 빼간다. 반면 후진국 것에는 좋은 성분이 남아 있다. 그래서 벙커C유는 정제 기술이 떨어질수록 폭발력이 좋다. 무조건 선진국 유명한 회사의 물건이 좋은 게 아니다. 저마다 필요에 따라 좋은 게 따로 있다. 누군가에게 기피 대상인 승선 근무가 내게는 큰 설렘이듯 말이다.

조리장도 바쁘다. 식재료를 확인해서 자동차가 들어갈 만큼 커다란 냉장고에 집어넣는다. 망고나 파인애플, 자몽 같은 열대과일이 올라왔다. 조리장은 그중 두 가지를 따로 뺐다. '망고스틴'과 '두리안'이다. 전 세계의 과일을 맛본 선원들에게 망고스틴은 열대 과일 중 으뜸이다. 물컹한 것이 자두를 닮았는데, 검고 두꺼운 껍질을 벗기면 희고 물컹한 속살이 나온다. 두리안은 손도 안 댔다. 못생긴 파인애플처럼 큰 것이 냄새는 얼마나 구린지 일주일 묵힌 양말 더미 같다. 두툼한 껍질을 벗기면 이것도 새하얀 속살이 나온다. 뜻밖에 달고 기름진데 냄새 때문에 푸대접이다.

우리는 열 시간 넘게 싣고 또 실었다. 쌀과 반찬, 과일, 생수가 끝도 없이 올라왔다. 도대체 이걸 누가 다 먹나 싶었다. 이날 넣은 연료만 1천 톤(1백만 리터)이다. 경차 3만 대에 기름을 가득 채울 수 있고, 돈으로 6억 원어치다. 이 정도면 한 달 항해도 거뜬하다. 나는 가득 찬 식품창고와 오른쪽 끝에 닿은 연료탱크 바늘을 보면서 긴 항해가 기다린다는 걸 직감했다.

해가 뉘엿할 즈음 귀국하는 선원과 장삿배가 떠났다. 이제 연료를 가득 채웠으니 지구 구석구석 어디든 못 갈 곳이 없다. 써니영은 기적을 한 번 힘차게 울리고 거대한 엔진을 돌렸다. 고물에 커다란 물길이 일었다. 회전하는 프로펠러를 따라 바닷물이 회오리쳤다. 수심이 낮아 해저의 진흙이 치솟았다. 배는 달팽이처럼 굼뜨게, 계란을 실은 트럭처럼 조심조심 움직였다. 프로펠러를 돌리고 한참 지나서야 슬금슬금 앞으로 나아갔다. 배가 움직이기보다 육지가 뒤로 물러나는 것 같았다. 해가 설핏 기울고 멀리 서쪽 하늘이 붉은색으로 물들기 시작했다. 수면은 침잠하는 하늘빛을 닮아갔다.

장삿배가 물러가고 써니영이 출발했는데도 나는 어디에서 뭘 해야 할지 도무지 감을 잡지 못했다. 아무도 내게 신경을 쓰지 않았다. 이대로 방에 콕 박혀 있거나 며칠 끼니를 걸러도 내 걱정을 하는 사람은 아무도 없을 것만 같았다. 스스로 나서는 것밖에 방법이 없다. 슬그머니 선교에 올라가 선장과 항해사들에게 눈치껏 인사했다.

—실항사라고? 먼 길 오느라 고생 많았다. 밥은 먹었고?

—네, 주방에서 맛있게 먹었습니다.

—주방에서? 참! 아직 식당에 네 자리가 없지? 워낙 바빠서 준비를 못해줬네. 내가 조리장에게 말해둘게. 아침 식사는 7시, 점심은 12시, 저녁은 5시니까 제 시간에 가면 돼. 너무 이르거나 늦

으면 주방일 하는 사람들이 불편해하니까 제때 가서 사람들이랑 같이 먹어.

내가 생글생글 웃으며 붙임성 있게 말을 걸자 그제야 사람들이 내게 관심을 보이며 이런저런 요령을 알려줬다. 배에 올라 가장 먼저 깨달은 건, 세상은 내게 친절할 의무가 없다는 것이다. 먼저 나서지 않으면 아무도 내게 관심을 갖지 않는다. 거울은 먼저 웃지 않는다고 했다.

항해를 담당하는 이등항해사는 해도에 항로를 긋느라 눈코 뜰 새 없이 바빴다. 슬쩍 다가가서 행선지를 물으니 아마존이라고 했다. 아.마.존. 내 첫 항해의 목적지가 아마존이라니, 믿을 수 없다. 실오라기 하나 걸치지 않은 원주민들이 자연을 벗 삼는 곳. 울창한 숲과 눈부신 햇살, 따스한 바람에 절로 배부를 것 같은 곳. 텔레비전에서나 본, 안드로메다처럼 멀어서 직접 가리라 상상조차 못한 곳에 내가 간다.

첫 항해가 원시의 강이라니 뜻밖이다. 이탈리아 나폴리나 호주 시드니, 브라질 리우데자네이루처럼 이름난 아름다운 항구를 내심 기대했었다. 그러나 배를 타지 않으면 아마존에 갈 일은 평생 없을 것이다. 그렇게 생각하니 무척 설렌다. 부정기 화물선에 승선하기를 잘했다.

하지만 가만히 아마존을 떠올리니 죄스럽다. 우리 배는 그 푸른 숲길 위에 얼마나 많은 매연을 뿜을 것이며, 나는 더러운 달러와 냄새 나는 쓰레기를 얼마나 뿌릴까? 신성한 곳을 침범하는 도굴꾼이나 식민지를 개척하는 침략자가 된 느낌이다. 사실이 그렇다. 우리는 강을 1천 킬로미터나 거슬러 올라 그 지류에 있는 트롬베타스Trombetas에 간다. 남아메리카 지도를 펴고 가장 깊숙하리라 생각하는 지점을 찍으면 그곳이 우리 목적지일 것이다. 하구에서 마을까지 거리만 놓고 보면 부산에서 백두산까지 가는 셈이고, 인천에서 상하이를 훨씬 지난다. 강을 사흘간 거슬러 오른다니, 우리가 얼마나 깊숙이 들어가는지 짐작이 간다.

그곳에서 보크사이트를 5만 톤쯤 싣고 대서양으로 나온다. 트롬베타스에서는 이런 식으로 보크사이트를 1년에 1100만 톤씩 캐낸다. 해마다 여의도 전체를 0.5미터씩 파내는 셈이다. 이 광물을 캐려면 조상 대대로 다닌 길을 허물고, 수백 년간 숲을 지켜온 나무를 물리쳐야 한다. 밀림 한가운데 들어가 자연을 훼손해 얻은 결과물을 받아 나르자니 가슴 한구석이 먹먹하다. 지구의 허파가 죽어간다는 소식에 눈살을 찌푸리던 나다. 내가 그 일의 공범이 되는 셈이다.

다행히 브라질 정부는 환경 규제에 엄격하다. 강을 오르내리는 열흘 동안 빨래조차 못한다. 입항 전에 갑판을 깨끗하게 해서 비가 내려도 오물이 흘러내리지 않게 해야 한다. 약품 규정도 엄하다. 소화제 하나도 함부로 보관할 수 없다. 이래저래 힘들고 귀찮다. 그럼에도 이번 항해가 설레는 건, 내 평생 다시 못 갈 '아마존'이기 때문이다. 이제 40일간 말라카해협과 인도양, 대서양을 건너 아마존에 간다. 여독이 싹 가셨다.

본격적으로 항로에 오르자 좌우앞뒤로 배들이 몰렸다. 휴게소를 빠져나가는 차량 행렬처럼 배 여러 척이 줄지어 앞으로 나아갔다. 선박에는 브레이크가 없어서 배끼리 충돌하기 쉽다. 그래서 바다에도 길을 만들어놨다. 해협마다 '통항분리대'라는 보이지 않는 중앙선이 있다. 배들은 분리대 오른쪽을 따라 어두운 바다를 은하수처럼 밝혔다. 맞바람이 불었고 바닷물이 선체에 부딪혀 철썩거렸다. 싱가포르 시내의 불빛과 여러 배의 항해등이 물비늘에 반짝였다. 수면은 살아 있는 생명처럼 넘실댔다.

써니영은 밤새 북극성을 오른쪽에 달고 말라카해협을 북서쪽으로 항해했다. 바다의 별은 영롱했다. 밤하늘의 '오리온'이 몽둥이를 들고 우리를 따라왔다. 이튿날 커튼을 열자 푸른 바다의 아침이 나를 맞았다. 새하얀 구름 사이로 바늘처럼 날카로운 햇살이 삐죽 나왔다. 신의 광채라도 본 것처럼 눈을 감았다. 커튼을 닫으려는 순간 소설 『그리스인 조르바』의 구절이 떠올랐다.

　―잠깐만 대장! 저게 무엇이오? 저기 저 가슴을 뭉클하게 하

는 파란 색깔, 저 기적이 무엇이오? 당신은 저 기적을 뭐라 부르지요? 바다?

신이 나서 뱃머리에 나가 바다를 둘러봤다. 수면에 부딪힌 햇볕은 수천 개로 찬란하게 부서졌다. 배는 '쿠아아- 쿠아아-' 거대한 소리를 내며 파도를 밀고 앞으로 나아갔다. 선수와 부딪혀 생기는 하얀 포말을 보니 배의 힘이 얼마나 거대한지 느껴졌다. 영화 〈타이타닉〉의 여주인공처럼 수루에 서서 두 손을 펼치니 바닷바람이 볼을 때렸다. 바람을 껴안는 느낌이 신선했다. 수면 위를 날아가는 것만 같았다. 하늘은 어지럽게 넓다. 돌고 돌아도 하늘이고 바다다. 생경한 느낌에 푹 빠져 있는데 갑자기 가슴이 먹먹했다. 누가 머리를 세게 누르는 것 같았다. 멀미다. 평생 멀미를 모르고 살았어도 땅에서 발을 떼면 어쩔 수 없는 모양이다. 나는 종일 침대에 누워 규칙 바르게 호흡하는 바다의 숨소리를 들어야 했다.

출항한 지 며칠 안 되어 선교에 가니 넓은 탁자에 해도를 펼쳐 놨다. 지구의 구석구석까지 세밀하게 묘사한 커다란 해도였다. 나는 그 위에 연필로 그어진 우리 항로를 눈으로 따라가다가 깜짝 놀라 주저앉을 뻔했다. 굽이굽이 팔을 활짝 벌릴 만큼 기다란 전체 항로에서 우리가 간 건 고작 손가락 두 마디에 불과했다. 총 40일 항해다. 게으른 조카 녀석이 겨울방학을 시작해 내내 놀다가 개학 며칠 전에 방학숙제를 몰아서 하고 학교에 가도 나는 바다에 있는 셈이다. 앞길이 막막했다. 지금 배를 되돌려도 해도에 티도 안 나겠다 싶었다.

이 기나긴 항해 기간에 실습선원인 나는 항해사 중 경험이 가장 많은 일등항해사의 꽁무니를 졸졸 쫓아다녔다. 배에서는 항해사 셋이 돌아가며 4시간씩 두 번, 하루 8시간 항해 당직근무를 한다. 일항사는 4시부터 8시까지, 이항사는 12시부터 4시까지, 삼항사는 8시부터 12시까지다. 당직 외에도 사관마다 담당 업무가 있다. 일항사는 '화물장'이라고 해서 화물을 싣고 내리는 일과 갑판 정비를 맡는다. 이항사는 '항해장'이라고 해서 항로를 정하고 통신기기를 관리한다. 삼항사는 의약품과 소방장비 등을 점검한다. 기관부도 비슷하다. 일기사는 배의 심장과 같은 엔진, 이기사는 발전기, 삼기사는 냉동기와 연료가열장치를 맡는다. 나는 일항사와 당직을 서면서 항해하고, 낮에는 갑판에 나가서 현장 업무를 익혔다. 그렇게 천천히 선박 생활에 적응했다.

빼앗긴 시간을 되찾다

남아프리카공화국 희망봉을 지나 대서양 어디쯤에서 싱가포르를 출발한 지 한 달째 되는 날을 맞았다. 그즈음 나와 크로마뇽인은 비슷한 곳에 반창고를 달고 살았다. 손으로 문틀을 잡고 있다가 배가 흔들려 문이 저절로 닫히는 바람에 손가락을 다치는 일이 다반사다. 군데군데 손톱이 깨졌다. 문턱을 엉성하게 넘다가 정강이가 멍 들고, 상처가 아물기도 전에 같은 곳을 또 부딪쳐 갑판에서 뒹굴고, 괜히 서두르다 강철 구조물을 들이받아 정수리 근처에 땜빵이 생기고, 무심코 계단을 내려가다 배가 동요하는 통에 두어 번 뒹굴고 나서야 나는 배와 잘 지내는 법을 터득했다. 첫 한 달은 상처를 얻으며 익숙해지는 시간이었다. 그렇게 천천히 선상 생활이 몸에 익으면서 우리는 차츰 뭐가 이상하다는 생각을 했다.

—광우야. 이상하지 않아? 시계가 조금 느려진 모양이야. 아무리 자고 아무리 놀아도 시간이 안 가네.

—얌마, 상대성이론도 모르냐? 아인슈타인이 그랬잖아. 사람이 빨리 움직이면 시간이 느리게 간다고.

광우는 갑자기 상체를 앞으로 숙이며 진지한 눈빛으로 말했다.

—사람이 빛의 속도로 이동하면 전혀 안 늙잖아. 우리도 배를 타고 계속 움직이니까 시간이 조금 느린 건 당연하지. 너 같은 일반인은 아인슈타인의 이론을 완벽하게 이해할 수 없어. 그냥 그러려니 하고 사는 게 편할 거야. 따지지 말고 내 말을 믿어.

—인마, 그럼 비행기 승무원들은 이백 년쯤 사는 거야?

—넌 아직 내 말을 완전히 이해하지 못한 게로구나. 짚신벌레랑 얘기하는 느낌이야. 바이, 짜이찌엔.

광우와 나, 두 풋내기 선원은 주로 이런 대화를 하며 점심을 먹었다. 크로마뇽인은 시속 25킬로미터로 달리는 배에 아인슈타인의 상대성이론을 들먹였다.

좌우지간 이상한 일이다. 배의 시간은 늘 거북이 걸음이다. 새벽에 일어나 기지개를 켜고 물을 한잔 마시고 러닝머신 위를 달리고 한바탕 씻으면 두 시간이 지난다. 이제 옷을 갖춰 입고 당직 근무를 시작한다. 네 시간 동안 빈 바다를 바라보는 일은 지루하기 그지없다. 달콤한 시간은 빠르고 지루한 시간은 느린 게 시간

의 법칙이라지만 이건 너무하다. 맡은 구역만 뚫어져라 보는 테니스 보조 심판처럼 나는 빈 바다를 보며 네 시간을 보낸다. 그렇게 기나긴 당직을 마치고 잠깐 쉬면 점심식사 시간이다. 이제야 비로소 하루의 절반이 지났다. 오후에 갑판에서 일하면 그나마 시간은 제 속도를 찾는다. 그러다 저녁 당직이면 연료가 바닥난 자동차처럼 시간은 속도감을 잃는다. 그렇게 염주알을 하나씩 하나씩 넘기듯 꾸역꾸역 시간을 더듬어야 하루가 간다. 그런 하루를 일곱 번 반복해야 일주일이 지나는데, 그 사이 배는 해도에서 고작 한 뼘 앞으로 나아간 게 전부다. 나는 영화 〈엣지 오브 투머로우〉의 주연배우 톰 크루즈가 매일 똑같은 전장에 떨어지기를 반복하는 모습을 보며 무릎을 쳤다. 매일 같은 아침을 맞고, 같은 사람을 만나고, 같은 일을 반복하는 내 모습이었다.

　—너 하루가 몇 분인 줄 아냐?

　—1440분

　—몇 초인지는?

　—8만 4400초

　—짜식, 너도 셌구나!

　선원이라면 지겹도록 빈둥거리다 한 번쯤 이런 계산을 해봤을 것이다. 정말이지 배에는 시간이 넘친다. 곰곰이 따져보니 시간이 많아서가 아니라 시간이 샐 틈이 없어서 그렇다. 선원에게는 새지 않아서 남아도는 게 두 가지 있는데, 하나는 돈이고 다른 하나는 시간이다. 일단 배에는 출근 시간이 없다. 방에서 선교까지 출근하는 데 걸리는 시간은 고작 10초다. 그 사이, 정말 우연히 양쪽 종아리 근육이 갑자기 뒤틀리고 장티푸스균이 번식해 내장을 뒤집는다 해도 20초면 출근할 수 있다. 뭍에서는 출근하는 데 보통 한 시간은 걸리지 않는가. 게다가 콩나물시루 같은 버스와 지하철에 오르면 회사에 도착하기도 전에 녹초가 된다. 배에서는 지켜보는 사람이 없으니 눈뜨자마자 옷만 입고 출근해도 탈이 없다. 그러니 선원들은 아침부터 두어 시간을 번다. 물론 시간을 버는 게 달갑지 않지만 말이다.

당직 네 시간 내내 나는 시간의 세밀한 굴곡을 더듬는다. 바다에서는 스마트폰이 안 되니 하루에도 수십 번씩 날아오는 친구의 사소한 휴대전화 메시지에 답장하고, 그러다 공연히 포털 사이트를 만지작거리면서 흘리는 시간이 없다. 네 시간, 240분, 1만 4400초를 온전히 빈 바다를 보며 세야 한다. 정말 시간이란 놈은 길디길다.

이렇게 시간을 온전히 대면하면서 나는 그간 뭍에서 얼마나 많은 시간을 도둑맞으며 살았는지 깨달았다. 말장난 같은 텔레비전 프로에 주말을 송두리째 허비하고, 출근길 지하철에서 한낮 해프닝으로 그치는 가십기사에 시선을 빼앗겼다. 스마트폰을 만지작거리다 하루는 쉬 저물고, 그 다음날도 전날처럼 눈 깜짝할 사이에 지나서, 정신을 차리고 보면 한 해가 뚝딱 지난다. 가랑비

에 옷이 젖듯, 텔레비전이나 스마트폰에 빼앗긴 조각난 시간들이 세월을 재촉한다. 배에 오른 나는 단 1초도 빠뜨리지 않은 온전한 하루를 선물 받았다.

또, 배에는 요일이 없다. 주말이나 늦은 밤이라고 배를 멈추지 않으니 항해사에게 휴일은 없다. 그런 사정으로 우리는 금요일이라고 해서 유독 힘이 솟지 않고, 주말이라고 특별한 여유가 생기는 것도 아니고, 월요일이라고 해서 딱히 피곤할 것도 없다. 그러니 나는 요일에 의미를 붙이지 않고 내게 주어진 하루에 온전히 집중해야 했다.

선원들은 날짜도 모른다. 짐을 싣고 내리는 항해 단위로 살기 때문에 날이 가는 것보다 얼마나 항해했는지, 얼마나 짐을 부렸는지가 중요하다. 그래서 갑판에서는 이런 대화가 자주 오간다.

―실항사, 오늘 며칠이고?

―음… 그게… 8일쯤 되지 않았을까요?

―8일 맞나? 9일 아이가?

―8일 맞습니다.

―둘 다 틀렸어. 오늘 6일이다.

―6일이라꼬? 정신 나갔나? 어제 점심이 짬뽕이었잖아. 짬뽕 먹은 거 기억나지? 그러니까 오늘은 월요일이지.

―월요일은 맞는데, 6일은 아니지요.

―왜 6일이 아니야? 월요일은 6일이지.

―아, 그건 지난달이 그렇고. 이번 달은 다르지요.

―안 되겠다. 니 사무실에 가서 달력 갖고 온나. 우리 한번 제대로 따져보자.

선원들은 넘쳐나는 시간 속에서 날짜도 모르고 하루하루를 보냈다. 풋내기인 나는 장마철 강물처럼 갑자기 불어난 시간이 벅찼다. 되찾은 시간을 어떻게 써야 할지 도통 몰랐다. 나름 알차게 보내려 노력했지만 전에 겪어보지 못한 시간의 흐름에 쉽사리 적응하지 못했다. 졸부가 돈을 주체하지 못하는 것처럼, 나는 시간 잘 쓰는 법을 몰라서 자주 무료에 빠져 허우적거렸다.

평생 살면서 이렇게 마음껏 낮잠을 자본 적이 없다. 지겨우리

만큼 빈둥거렸다. 그러다 가끔 혼잣말을 하고, 편집증 환자처럼 손톱과 발톱을 대단히 반듯하게 깎고, 코털을 세심하게 다듬고, 수개월 후 집에 가서 하고 싶은 일을 종이에 적었다. 적은 것을 지우고 같은 내용을 다시 적으며 혼자 쿡쿡 웃었다. 어떤 때는 맨 바닥에 새우처럼 쭈그려 누워 있는 나를 보고 방에 온 사람들이 깜짝 놀라기도 했다. 선원들이 하는 푸념처럼, 살면서 이런 체험을 할 수 있는 사람은 수형자와 선원뿐이다.

심심한 덕분에 사람들은 휴게실에 모여 아웅다웅하는 일이 잦다. 빨래를 하다 옷에 물이 든 이야기, 부산에 있는 터널의 통행 요금 변천사, 어제 먹은 오렌지에 씨가 몇 개였는지 따위의 사소한 이야기라도 누구 입에서 나오면 그게 대단한 일인 것처럼 물고 늘어진다. 선원들은 주로 카드놀이를 하고, 주말이면 탁구장에서 내기 탁구를 친다. 나이 많은 분은 마작을 하는데, 넷이 모여 그토록 말없이 오래 앉아 있을 수 있다는 사실이 놀랍다.

같은 환경에 있으니 선원들은 사는 게 다 고만고만하다. 상추가 시들 때쯤이면 다 같이 시든 상추를 먹고, 야채가 떨어지면 고기만 먹는다(고기는 냉동 보관할 수 있으니 배에서 가장 흔한 음식이다. T본 스테이크와 LA갈비, 타이거새우, 랍스타. 뭐 이런 것들). 그래서 나 같은 말단 실습 선원부터 선장까지 표정이 엇비슷하다. 날씨가 궂으면 하나같이 얼굴이 꾀죄죄하고, 야채가 떨어지면 변비를 앓는다. 우리는 진짜 한배를 타지 않았는가.

같은 배에 있음에도 안드로메다에 있는 것처럼 남다른 존재가 있었으니, 바로 우리 크로마뇽인이다. 광우는 게임에 푹 빠져 살았다. 실기사의 방에서는 매일 제3차 세계대전이 벌어지고, 우리 나라 축구대표팀이 월드컵에서 우승하고, 특수부대가 북한 핵시설을 점령하고, 외계인이 지구를 침공하는, 뭐 그런 일이 수도 없이 일어났다. 실기사는 밤마다 결기 가득한 얼굴로 내 방문을 열고는 "마침내 결판이야. 이제 마왕만 물리치면 돼" 하고 돌아가더니 30분쯤 지나서 "드디어 마왕을 끝장냈어. 하하. 이제 난이도를 높여서 처음부터 해봐야지" 하고 되돌아갔다. 며칠 지나서 "드디어 최고 난이도로 게임을 끝냈어. 이제 우주 전쟁 편을 시작해야지"라고 중계했다. 그럴 때마다 나는 강력한 마왕과 외계인을 창조한 게임 개발자, 그리고 축구선수 메시와 호날두가 그렇게 고마울 수 없었다. 그들이 없었다면 게임이 없었을 테고, 그렇다면 크로마뇽인은 내 방에 눌러앉아 내내 귀찮게 했을 테니 말이다.

나도 실기사처럼 나만의 달콤한 시간을 찾았다. 불어난 시간이 몸에 익으면서 나는 방에서 주로 책을 읽기 시작했다. 내 방에서는 매일 조르바가 산투리를 켜고, 어린왕자가 여우를 길들이고, 노인이 상어 떼와 싸우고, 마리오와 네루다가 시를 읽고, 흑사병이 창궐했다. 책을 읽는 달콤한 저녁 시간은 늘 빠르게 지났다. 몇 년이 지나서 세어보니 배에 오르고부터 해마다 책을 백 권도 넘게 읽었다. 평생 읽은 책의 절반은 배에서 읽은 셈이다. 승선한 이래 나는 까뮈와 체호프, 톨스토이, 박경리를 읽고 헤밍웨이, 카프카, 박완서, 코엘료, 릴케, 투르게네프, 김승옥, 황석영 등 동서양과 시대를 넘어 여러 작가를 만났다. 뭍에 있을 때는 한 달에 두어 권 읽기가 벅찼고 문학에는 관심도 없던 내가 새로운 세상을 만난 것이다.

지겨움을 달래려다 무심결에 만난 작가들은 내게 새로운 세계를 보여줬다. 뜻하지 않게 되찾은 시간에 뜻하지 않은 취미를 얻어 그 재미에 푹 빠졌다. 마치 내가 평생 생선회의 맛을 모르다가 직장생활을 시작하면서 새로운 맛의 세계에 빠진 것처럼, 전에 알지도 바라지도 않던 즐거움을 만끽했다. 많이 읽게 된 것보다 뿌듯한 건 스스로 살아가는 힘을 기른 것이다. 이제 나는 텔레비전이나 스마트폰, 신문에 시간을 흘리지 않는다. 또 친구들 모임 없이도 한 달, 일 년을 즐거이 보낼 수 있다. 아무개는 내 이야기가 조금 우울하다고 하지만 이거야말로 시간을 도둑맞지 않고 내 의지로 하루를 온전히 채우는 나만의 삶이라 믿는다.

인터넷도 모르는
세상으로

아마존에 진입한 써니영은 하구 도시 마카파에 잠시 멈춰 도
선사를 태웠다. 국제규정상 타국 선박은 현지 사정에 어두우니
반드시 도선사의 안내를 받아야 한다. 도선사는 선박이 항구에
안전하게 드나들 수 있도록 돕기 위해 항구 입구에서 승선하는
경험 많은 현지인이다. 대부분 선장 경험이 있어 배를 모는 데 능
숙하고 항구 사정에 밝다. 우리나라에서 도선사는 '항해사의 꽃'
이라 불린다. 항해사 사이에서 도선사가 되는 건 군인이 장성으
로 진급하는 것만큼 영광스러운 일이다. 고소득에 근무 여건까지
좋아 항해사 다수가 도선사를 꿈꾼다.

예순두 살 도선사 로드리게스는 바캉스 복장으로 배에 올랐다.
훤칠한 키에 긴 파마머리, 몸에 딱 맞게 입은 새빨간 티셔츠와 하

얀 면 반바지 때문에 나이를 가늠하지 못했다. 커다란 손바닥과 웃을 때 드러나는 건강한 이, 이목구비 뚜렷한 얼굴은 영국 영화배우 '휴 그랜트'를 꼭 닮았다. 이 날라리 도선사는 항해하는 내내 전화만 붙잡았다. 손자, 손녀가 여럿인데도 연애하기 바쁘다. 지금은 마흔다섯 살 아내 사이에 다섯 살배기 아들을 뒀단다. 순간 "여기는 브라질이야" 하며 당황한 기색을 감추느라 혼났다. 브라질은 남녀 성비가 매우 불균형하다. 여성 100명에 남성 95명꼴이다. 대도시 리우데자네이루는 100대 86.4다. 남성이 귀하니 나이가 중요하지 않은 모양이다. 부러웠다.

　―나이 들어서도 저렇게 젊고 멋질 수 있구나.

　내가 나이 예순을 너무 어둡게 생각한 게 아닌가 싶다. 여느 한국 사람처럼 노후 걱정에 젊을 때 열심히 일해야 한다는 강박이 있었다.

　나는 젊어서부터 늙었다. 미래의 보장된 안정을 위해 지금을 희생했다. 은행 연금 상품에 가입하고 허리띠를 졸라맸다. 대학 시절에도 친구들과 어울리기보다 아르바이트를 하며 이런저런 자격증을 따는 데 욕심냈다. 이제 보니 젊음을 즐기지 않고 피곤하게 했을 뿐이다. 돌아보니 참 불쌍한 삶이다. 문득 비슷한 나이에 아직도 '가족'이라는 짐을 놓지 못하는 아버지가 떠올랐다. 아버지의 청춘은 언제였나. 내가 태어나기도 전에 청춘을 잃지 않았나. 날라리 로드리게스를 보니 내 아버지가 안쓰러웠다. 사랑이나 진리, 아름다움에는 진작 신경을 끄고 '의, 식, 주'를 해결하기 위해 하루를 꼬박 소진해야 하는 아버지의 삶 말이다.

우리는 도선사를 태우자마자 엔진을 전속으로 돌렸다. 산란기 연어처럼 거대한 강물을 거슬러 올랐다. 강은 끝도 없었다. 열대의 풍만한 구름이 모여 번개 치고, 비 내리고, 구름이 걷히고, 태양이 불타고, 다시 먹구름이 몰려오기를 수십 번. 강이 갈라졌다 모이고, 넓어지고 다시 좁아지기를 수백 번. 빼곡한 숲이, 때론 습지가, 늪지가, 절벽이 보였다. 강물은 누렇다가, 붉었다가, 푸르렀다. 드문드문 작은 집들과 환한 빛을 쏟아내는 큰 마을이 우리를 지나쳤다. 이런 곳에 사람이 사는 게 신기할 뿐이다.

고삐 매지 않은 말이 풀을 뜯고, 물소 떼가 한가하게 뒹굴었다. 가우초(목동)는 한 아름나무 그늘 아래 그물 침대를 만들었다. 만화 정글짐의 주인공 모글리가 나올 것만 같은 풍경이다. 빽빽하게 우거진 숲은 겹겹이 쌓인 구름을 이고 있었다. 거대한 UFO 같았다. 천사가 깜빡 실수라도 하면 와르르 쏟아져 내릴 듯했다.

창문을 열자 아무데서도 맡아본 적 없는 짙은 숲 향기가 들이쳤다. 도처에서 아우성치듯 맑은 공기를 뿜었다. 선원들은 "음-하-음-하-" 숨소리를 내며 밀림의 향기에 빠졌다. 태초의 지구가 이랬을까? 흠 잡을 데 없이 청량한 공기, 갖가지 나무와 풀이 채취를 뿜는 이곳은 지구의 허파 아마존이다. 나는 이 신선한 공기를 아낌없이 들이마셨다. 햇살, 공기, 바람, 하늘. 소중한 건 다 공짜다.

밤이면 창문은 벌레로 빼곡했다. 나는 놈, 기는 놈, 뛰는 놈, 달라붙는 놈, 매달리는 놈, 튀어오르는 놈에 뒹구는 놈까지. 붉은 놈, 푸른 놈, 누런 놈, 하얀 놈에 검은 놈, 알록달록한 놈 등 온 세상 벌레가 다 모였다. 실내는 환기구를 타고 들어온 작은 벌레로 엉망이다. 손바닥만 한 잠자리가 내 안전모에 사뿐히 앉았다. 타수는 잠자리가 만화영화 피터팬의 요정 '팅커벨' 같다고 했다. (내 무용담에서 이 잠자리는 처음에 주먹만 했다가 점점 커져서 비둘기로, 나중에는 독수리만 한 놈으로 진화했다. 아마존에 가면 독수리만 한 잠자리가 있다고.) 신비한 세상이다. 배를 타지 않았으면 지구 반대편에 이런 곳이 있는 줄도 모르고 죽을 게 아닌가. 이제 시작이지만 배를 타겠다는 내 선택은 분명 옳다.

사흘 만에 트롬베타스에 닿았다. 이곳은 아마존의 보크사이트 생산 기지다. 1979년부터 반경 60킬로미터 밀림을 파헤쳤다. 여기에서 일하기 위해 노동자 1300여 명이 브라질 전역에서 이주했다. 그 가족을 포함한 4천여 명의 거주지가 생겼다. 우리나라로 치면 포항에 있는 제철소 사원 단지다. 우리는 배를 붙이고 날이 밝기를 기다렸다.

다음날 정오쯤 광우와 상륙했다. 첫 상륙이다. 그것도 브라질 아마존이 아닌가. 무작정 배에서 뛰쳐나왔다. 신나게 길을 나섰지만 속으로는 불안했다. 어디로 가야 할지 몰랐다. 이곳은 인터넷으로 검색하면 여행정보가 줄줄이 나오는 관광지가 아니다. 나는 그동안 여행을 떠날 때나 영화를 볼 때, 선물을 살 때, 심지어 저녁에 갈 식당도 인터넷으로만 알아봤다. 제주도를 여행할 때는 제주도민에게 길을 묻지 않고 서울 사람이 쓴 인터넷 블로그를 검색했다. 그러니 나는 현지 주민의 인심에는 관심이 없었다. 오직 외지인이 쓴 글을 실체로 믿었다. 짧은 인터넷 기사를 진실로 받아들이고, 몇몇이 모인 논쟁 터를 여론의 중심지로 생각했다. 글과 말로 감히 세상을 읽으려 덤볐다.

법가에도 이런 이야기가 나온다. 정나라 차치리라는 사람이 종이에 자기 발을 본떠놓았다. 어느 날 시장에 신발을 사러 갔는데, 본을 집에 놓고 왔다. 사내는 본을 가지러 집으로 돌아갔다. 그 사이 장은 파하고 말았다. 사람들이 왜 신발을 신어보지 않았냐고 묻자 차치리는 말했다.

"본은 믿을 수 있지만 내 발은 믿을 수 없잖소."

세상 모든 것에 답을 해줄 것 같은 인터넷도 이곳에 대해서는 묵묵부답이다. 이제 나는 인터넷을 접고 진짜 세상을 만나야 한다. 현지인에게 길을 묻고 그 숨결을 느껴야 한다. 나는 미숙하다. 어두컴컴한 길을 홀로 개척하는 심정이다. 나는 불안한 마음을 누르고 여정을 재촉했다.

마을은 아담했다. 부두와 그 옆 공장을 중심으로 거주지를 지었다. 선원을 상대로 택시 구실을 하는 자동차가 있었다. 차를 타고 마을을 한 바퀴 도니 어린왕자의 별처럼 5분 만에 제자리로 돌아왔다. 나는 같이 나온 광우를 실수로 잃어버리고 싶어도 그럴 수 없다는 사실에 낙심했다.

—우리 이제 뭘 하지?

마을을 한 바퀴 돌아본 크로마뇽인은 자기를 책임져달라는 듯이 물었다.

—글쎄… 우리가 여기서 뭘 할 수 있을까?

대낮이라 그런지, 원래 이런 곳인지 딱히 기분 전환할 만한 곳이 없다. 어른들은 모두 일터에 있는 모양이다. 기다란 도로에는 다른 배의 선원 한 무리와 유모차를 끌고 가는 여인뿐이다. 내가 할 일이라고는 마을을 관통하는 도로를 끝까지 순례하고 돌아온다거나, 슈퍼에서 물건을 뒤적거리는 것, 은행에 들어가 시원한 에어컨 바람을 쐬는 게 전부였다. 우리는 노천식당에서 그간 주렸던 신선한 음식을 먹으며 시간을 보냈다.

밀림은 일찍부터 아주 천천히 밤에 물들었다. 시계는 오후 4시. 은행이 문을 닫고, 직원들이 퇴근하고, 식당이 번잡해지려면 멀었는데 태양은 제멋대로 기울었다. 로빈슨 크루소의 무인도처럼 마을은 문명의 시계와 상관없이 저만의 시간으로 존재했다. 하늘은 아직 파란데 푸르던 나뭇잎이 검게 보이기 시작하더니, 나무와 나무 사이에 밤이 스몄다. 네온사인으로 덮인 도시에서는 해가 어떻게 저무는지, 노을이 어떤 색인지 보이지도 않았다. 정글은 아이에게 설명하듯 아주 천천히 지구가 잠드는 과정을 보여 줬다.

밀림의 밤은 적막 그 자체다. 우리는 사람을 찾아 옆 마을로 갔다. 공장과 무관한 원주민들은 수상가옥에 살았다. 강변 습지 위에 나무기둥을 박고, 그 위에 다듬지 않은 나무를 이어 붙여 지은 집이다. 대체 이런 곳에는 어떤 사람이 사는지 궁금했다.

허름한 집 몇 채를 지나자 어둠을 밝히는 텔레비전 빛이 보이고 아이들 떠드는 소리가 들렸다. 작은 브라운관 앞에 아이 일곱이 모여 있었다. 2인용 비디오게임을 하기 위해 동네 아이가 다 모인 것 같았다. 우리나라에서도 오래전에 사라진 낡은 게임기였다. 아이들은 제 차례를 기다리면서도 훈수를 두며 옥신각신했다. 반짝반짝 빛나는 표정에 나도 모르게 미소 지었다.

사진을 몇 장 찍고 발길을 돌리는데 아이들이 쫓아왔다. "원 달러, 원 달러"를 외치며 손가락으로 돈 세는 시늉을 하고 있었다. 고요한 아마존 강물 위로 "달러, 달러" 소리가 민망하게 퍼졌다. 돌아보니 집 안의 아이들은 신나게 하던 게임을 멈추고 나를 쳐다보고 있었다. 자비심 넘치는 외국인 선원의 달러로 아이들은 반쯤 비렁뱅이가 되어버렸다. 주머니에 지폐가 있지만 나는 꺼내지 않았다. 아이들이 구걸에 익숙해지면 안 된다거나 일시적 선의보다 구조적 개선이 먼저라는 거창한 핑계는 없다. 내가 유니세프니

월드비전이니 하는 단체를 후원하는 것도 아니니까 말이다.

사실 나는 어디서든 주머니에 있는 잔돈을 자주 적선한다. 누구든 걸인을 보면 마음 한구석이 불편하다. 마음 단단히 먹고 빈곤의 근원을 해결하기 위해 행동하지 않을 거라면 동정이라도 해야 한다고 생각한다. 둘 다 아니라면 그냥 꼬장꼬장한 사람일 뿐이고, 그것마저 싫어 머릿속에 품은 이런저런 생각은 불편함을 달래기 위해 헛똑똑이가 만든 핑계에 불과하다.

내 보기에 밀림의 아이들은 결단코 빈곤하거나 불쌍하지 않았다. 숲 속에서 티 없이 사는 맑은 얼굴을 보고 누가 동정심을 품겠는가. 물론 이 친구들이 아인슈타인이나 스티브 잡스를 능가하는 인물이 되기는 힘들다. 그러나 자연 속에 파묻힌 아이들의 삶이, 그리고 어느 정도 눈에 보이는 미래가 어두워만 보이지는 않았다. 아이들을 물리고 돌아서는데 등 뒤가 따갑고 불편했다. 하지만 이렇게 많은 것을 가진 아이들이 때 묻은 달러를 받는다면, 그 푼돈 때문에 이들의 존엄은 무너지고 한낱 비렁뱅이로 전락할 것이다. 실망한 아이들의 눈빛이 오래 눈에 밟혔다.

영원히
끝나지 않는 춤

—쯧쯧, 젊은 친구들이 여기까지 와서 뭐하는 거야?

뒤늦게 상륙한 일등기관사가 선착장에서 빈둥거리는 우리를 보더니 한심한 듯 혀를 찼다.

—브라질에 왔으면 쎄뇨리따를 만나야 할 것 아니야. 따라와.

경험 많은 일기사가 앞장섰다. 우리는 구세주라도 만난 것처럼 신이 나서 뒤를 쫓았다. 선착장에서 보트를 구했다. 하류 쪽으로 10분쯤 가면 술집이 있단다. 영어 한마디 없이 온통 포르투갈 말 뿐인 이곳에서 어떻게 황금 같은 정보를 구했는지, 풋내기는 경험 많은 선원이 신기할 따름이다.

엔진을 켜자 요란한 굉음과 함께 보트 머리가 허공으로 치솟았다. 보트는 물수제비뜨는 납작한 돌처럼 수면에서 튕기며 어두운 아마존을 달렸다. 가로등 하나 없는 강은 그야말로 검은 밤에 갇혔다. 그믐에 구름까지 잔뜩 꼈다. 인적은 까마득하고 사방으론 아무것도 보이지 않았다. 조금 지나 반대편 어둠 속에서 다른 보트가 튀어나와 '쌩-' 하고 지나갔다. 그럴 때마다 서로 부딪히지 않음에 안도했다. 나는 손을 높이 들어 라이터 부싯돌을 깜빡였다. 반대편 보트에 내 위치를 알리는 임시 항해등이다. 먼 타국의 깊은 산골에서 보트 충돌 사고로 죽고 싶지는 않았다. 뒤돌아보니 다른 둘은 태평하게 앉아 있었다. 나만 유독 만사를 걱정하는 건지도 모르겠다.

곡면을 돌아가니 수상가옥 대여섯 채가 나왔다. 나무로 좁은 다리를 세워 집 사이를 연결했다. 나무는 젖고 마르기를 반복해 색이 바랬다. 밟으면 뿌직 갈라지는 소리가 났다. 바닥이 끼익끼익 울부짖을 때마다 나는 걸음을 망설였다. 보트 운전수는 강에 커다란 뱀인 아나콘다와 악어가 있다고 했다. 가볍게 웃는 통에 농담인지 진담인지 알 수 없지만 나는 슬그머니 남자 뒤에 바짝 붙었다. 수면에 십이지장충처럼 생긴 꾸불꾸불한 게 지나갔다.

부락 구석에 술집 하나가 보였다. 이름도 간판도 없지만 분위기는 대도시의 그것과 비슷했다. 아무도 없는 홀에 영어 팝송이 흘렀다. 도대체 이 시간에 여기까지 술을 마시러 올 사람이 뉘란 말인가? 술집은 예약 손님이라도 있다는 듯이 꿋꿋이 음악을 켜고 있었다. 숲에서 길을 잃은 주인공이 여기저기 헤매다 초콜릿

오두막을 발견한 느낌이랄까. 나 같은 선원을 기다리는 모양이다. 배고픈 헨젤과 그레텔이 오두막을 지나칠 수는 없다. 우린 슬그머니 안으로 들어갔다.

술집은 썰렁했다. 구석에서 예쁘장한 젊은 여자 넷이 작은 브라운관 텔레비전을 보며 헤죽거렸다. 우리는 머쓱해서 반대편 구석에 앉았다. 여자들이 태연히 다가왔다. 표정은 "너희가 올 줄 뻔히 알고 기다렸지. 어디 갔다 이제 온 거야?" 하는 것 같았다. 단내 나는 향수 냄새가 물씬했다. 더위에 살을 드러낸 어깨에는 문신이 요란하다. 아무리 흔하다지만 나는 문신을 보고 속으로 조금 멈칫했다.

여자들이 옆에 앉더니 상냥하게 인사했다. 서로 영어가 짧아 대화는 금방 끊겼다. 단답형 대답의 꼬리를 물기는 쉽지 않았다. 시원한 맥주를 들이키고도 우리는 화제를 못 찾았다. 시선이 허공을 더듬었다. 여자들은 그 짧은 침묵을 못 참고 넓은 홀로 나가더니 남미 특유의 유연한 춤을 췄다. 따로 추다가 어우러지고 떨어지기가 물 흐르듯 자연스러웠다. 우리는 텔레비전에서나 보던 그 춤을 구경하는 데 푹 빠졌다. 탄력 있고 아름답게, 경쾌하고 자신 있게 춤추는 모습을 감탄과 부러움으로 지켜보았다.

한 여자가 돋보였다. 여인은 허름한 술집의 무더운 공기 속을 나비처럼 헤집었다. 고민 없이 자유로워 보였다. 그녀의 긴 생머리와 통통하고 여성스런 두 팔에 나는 넋을 놓았다. 음악이 기울

무렵, 그 여자가 내 곁에 앉았다. 화장한 눈으로 내 얼굴을 훑는 순간 나는 눈을 내리깔았다. 반쯤 감은 것 같은 가느다란 여인의 눈이 어쩌다 동그랗게 치뜰 때 얼굴에는 광채가 넘쳤다. 적극적인 태도가 싫지는 않지만 경험 많은 여자의 기세는 퍽 부담스러웠다. 나는 내가 초짜가 아니라는 것을 보여주려고 거리낌 없는 척하며 말을 붙였다.

—이름이 뭐야?

—어네사, 그쪽은?

—나는 김.

—이름을 보니 한국 사람이야?

—응, 넌 혹시 브라질 사람?

—응, 맞아. 내가 브라질 사람인 걸 어떻게 알았어?

서로 죽이 맞았다. 유치한 유머에 깔깔대며 맞장구쳤다. 나는 흥에 겨운 그녀를 앉혀놓고 짧은 영어로 말을 붙였다. 요즘 유명한 영화나 음악, 앞에 있는 맥주 이름, 아마존 강의 생물 같은 쓸데없는 이야기였다. 지루한 이야깃거리는 금세 바닥났다. 대화는 여자의 관심사인 바깥세상 이야기로 흘렀다.

—얼마 전에 한나절이나 배를 타고 산타렘에 다녀왔어. 세상에! 5층이 넘는 건물과 100년도 더 된 성당이 있고, 시장에 사람은 얼마나 바글바글하던지. 난생처음 영화관에서 영화도 봤어. 도시란 정말 신나는 것들로 가득한 것 같아.

깊은 밀림에 사는 어네사는 한 번도 대도시에 가보지 못했다. 평생 가본 곳이라고는 배를 타고 갈 수 있는 근처 도시 몇 군데가 고작이다. 그녀는 텔레비전에 나오는 뉴욕이나 파리, 이스탄불, 도쿄, 시드니, 그리고 서울을 꿈꿨다. 나는 자랑처럼 그동안 내가 여행한 도시를 이야기했다. 유명한 도시 이름을 나열하자 믿을 수 없다는 눈으로 쳐다봤다. 순진한 표정이 무척 사랑스러웠다. 아직도 킹콩이 엠파이어스테이트빌딩에 매달려 있다고 해도 믿을 것 같았다.

바로 그때 새 음악이 울려 퍼지자 어네사가 벌떡 일어섰다. 그녀는 다짜고짜 내게 춤을 권했다. 춤을 춰본 적이 없는 나는 당황해서 두 손을 절래절래 흔들었다. 완강한 여자 앞에서 나는 한없이 작아졌다. 복날에 끌려가는 강아지처럼 어네사의 손길에 저항했다. 우리의 팔은 끊어질 듯 팽팽했다. 그러다 어느 순간 그녀는 나를 홱 내버리고 돌아갔다. 끈질기게 버티던 내가 멋쩍으리만큼 단호했다. 남겨진 나는 빨개진 팔을 매만졌다. 창피하고 무안했다. 어깨를 으쓱거리며 대도시 이야기를 풀 때가 언제였는지, 어느새 의자에 홀로 앉아 죄인처럼 어네사의 춤을 구경했다. 자리로 돌아온 그녀는 답답했는지 나를 다그쳤다.

—넌 대도시 서울에 살지 않아?

대관절 서울에 사는 것과 춤이 무슨 상관이란 말인가. 나는 꾸중 맞는 아이처럼 이야기를 들었다.

—정말 춤을 한 번도 안 춰봤어? 서울에는 춤출 곳이 백 군데
도 넘잖아. 대도시에 살면서 어떻게 춤 한 번 춰보려고 하지 않았
어? 다른 건 많이 배웠잖아. 학교에 다녔고 수학이나 영어를 배
웠겠지. 피아노, 기타, 테니스, 수영도. 그런데 춤은 잠깐도 안 배
운 거야?

　깊은 밀림에 사는 그녀에게 서울은 뉴욕이나 도쿄, 런던, 파리
같은 대도시와 같은 꾸러미에 해당하는 환상의 도시다. 내가 그
런 꿈의 도시에 살았던 것이다. 춤 한 번 안 추면서.

　—나중에 돈을 벌면 대도시에 가고 싶어. 텔레비전에 나오는
뉴욕이나 베이징, 도쿄, 시드니, 그리고 서울도. 거기서 뮤지컬과
오페라를 볼 거야. 무도회장도 갈 거고, 음식점도 빼놓지 않을 거
야. 맥도널드나 버거킹에 가서 온갖 햄버거를 다 맛보고 싶어. 터
키 요리도 먹고 싶고, 할 수 있으면 한국 음식이나 일본 음식도
먹을 테야. 세상에 내가 맛보지 못한 음식을 다 맛볼 거야. 테니
스를 배우고 요가도 할 거야. 나는 정말 하고 싶은 게 많아.

　어네사는 순진하게 웃었다. 같은 말을 얼마나 반복했는지 이
부분에서 영어가 유창해졌다. 그녀에게 도시는 뭐든 할 수 있는
곳, 사고 싶은 것, 먹고 싶은 것, 배우고 싶은 것, 즐기고 싶은 것
을 마음껏 누릴 수 있는 곳이다. 깊은 밀림에서 만난 여자는 그동
안 내가 얼마나 재미없게 살았는지 힐난했다. 나는 많은 사람이
꿈꾸는 대도시에 살면서도 그 즐거움을 한 번도 누리지 못했다.

그래놓고 전 세계 구석진 곳을 전부 다니겠다며 먼 길을 나선 것이다.

어네사가 다시 춤을 권했지만 나는 여전히 내키지 않았다. 그녀는 점점 간절한 눈빛을 보냈다. "제발 이렇게 따분하게 있지 말고 한번 춥시다" 하는 눈이었다. 어네사의 눈매는 점점 가늘어졌다. "이 바보야, 누가 너를 본다고 이렇게 점잔을 빼고 있는 거야? 고작 이러다 돌아가려고 여기까지 온 거야? 용기를 내보라고! 설마 춤 하나 못 추는 천치는 아니겠지?" 하는 것 같았다.

대체 나는 언제부터 이렇게 무겁고 진지했던 걸까. 코흘리개 시절부터 그러지는 않았을 것이다. 잘해야 한다는 강박, 뛰어나야, 앞서가야 한다는 압박에 시달리면서 웃음을 잃은 것 같다. 우

리는 학창시절부터 사각 링 위의 무한경쟁에 내몰려 살지 않았는가. 둘러보니 맥주에 취한 일기사와 크로마뇽인은 벽에 달라붙어 벌레처럼 몸을 흔들고 있었다. 정녕 내게 힘을 주는 사람들이다.

—어서! 여기 우리뿐이야. 아무도 너를 평가하지 않아.

적당한 술기운이 나를 도왔다. 어네사의 재촉에 못 이기는 척 자리에서 일어났다. 건강미 넘치는 그녀의 몸이 리듬을 타자 사방의 공기가 생동하는 느낌이었다. 내 시선은 어네사의 몸짓에 갇혔다. 심장이 고동쳤다. 뻣뻣한 내 안에서 작은 몸짓이 살랑거렸다. 점점 흥이 났다. 음악소리가 커졌고 다른 일행의 시선은 의식에서 멀어졌다. 나는 오직 이 아름다운 여인과 박자를 맞췄다. 구름 위에 있는 것만 같았다.

그 사이 우리는 시간 감각을 잃었다. 밤을 엿가락처럼 늘이던 끝에 녹초가 되어 헤어졌다. 행복에 젖어 밖으로 나서는데 어네사가 내 손을 꽉 잡더니 묘한 미소를 지었다. 그날 밤 여자는 아름다웠다. 배에 돌아오는 길에 광우는 내 춤이 엉망이었다고 했다. 내 동작을 따라하며 깔깔댔다. 조금 창피했지만 잠깐이나마 삶의 무게를 내려놓는 법을 배웠다는 생각에 가슴이 벅찼다.

낯선 곳, 낯선 사람들 속에서 내 존재는 선명하게 드러난다. 그간 감추어졌던 것들이 눈에 보이고, 당연했던 것들이 더는 당연하지 않다. 이런 기회에 새로운 시선, 새로운 생각으로 해묵은 때를 벗길 수 있다면 우리는 조금 더 행복에 다가갈 수 있지 않을까 싶다. 어네사는 내가 조금 뻣뻣하다고, 이제 힘을 조금 빼고 살아도 좋다고 어깨를 토닥였다.

뱃사람의
서글픈 노랫소리

우리는 아마존의 보크사이트를 하구도시 벨렘에 하역했다. 항해하고 짐을 부리는 사이 두 달이 훌쩍 지났다. 이제 다음 목적지로 가야 하지만 회사는 기별이 없다. 아직 운송 계약을 맺지 못한 것이다. 부정기선의 항해는 매번 이렇게 불확실하다. 계획이 없다고 무작정 앉아 있을 수는 없다. 일단 방향을 정해 나아가면 중개인들은 우리 배에 적당한 항로를 찾을 것이다. 완벽하게 계약을 맺은 후에 출발하면 늦는다. 일단 떠나고 보면 길이 생길 것이다. 항해가 늘 그렇다는 걸 경험 많은 선원들은 잘 알고 있다.

아시아로 가는 뱃길은 잔잔했다. 선원들은 긴 항해를 틈타 갑판을 정비한다. 일명 깡깡이. 철판의 녹을 벗기고 페인트를 칠한다. 전동망치로 묵은 페인트와 녹을 갈아낸다. 고된 일이다. 종일 덜덜거리는 전동망치를 잡고 나면 손가락 관절이 얼얼하다. 뜨거운 태양은 말할 것도 없다. 철판을 두드리는 시끄러운 소리에 귀가 멍멍하고, 잔해가 사방으로 튀는 바람에 일을 마치면 온몸이 땀과 먼지로 엉망이다. 페인트를 칠할 때면 휘발성 강한 시너에 취해 정신이 몽롱하다. 게다가 길이 229미터에 달하는 선체를 정비하는 일은 끝도 없다. 이물에서 고물까지 정비하고 나면 다시 이물에 일감이 생긴다. 우리는 서두르지 않고 하루치 일을 정해 조금씩 해나갔다.

나는 버마 출신 갑판수 꼬산과 짝을 지었다. 버마에서는 연장자를 존대하는 의미로 이름 앞에 '꼬'를 붙인다. 우리말의 누구누구 '님'과 비슷하다. 올해 나이 마흔여덟. 버마 선원들 사이에서 그는 맏형이다. 실제 그는 소임을 다했다. 늘 성실하고, 다른 선원을 대변했다. 사관들도 이 친구에게는 믿고 일을 맡겼다.

꼬산이 사다리를 타면, 나는 아래서 다리를 꼭 붙잡고 공구를 올려주었다. 배가 조금씩 흔들리는 통에 조심해야 했다. 사다리를 껴안듯이 꼭 잡고 있는데, 내 눈앞 발판에 꼬산이 신발을 디뎠다. 낡은 안전화는 피곤에 지친 듯 헛바닥을 날름 내밀었다. 찢어진 겉감 사이로 안감이 삐져나왔다. 반대편 양말은 돌처럼 딱딱한 안전화에 닳고 닳아 큼지막한 구멍이 났다. 까맣게 때가 긴 뒤꿈치가 수줍게 드러났다. 안쓰러웠다.

그날 저녁, 한국에서 챙겨간 두툼한 등산 양말을 꼬산에게 줬

다. 안전화 지급대장을 보니 얼마 전에 새 안전화를 받아갔다. 나는 다칠 수 있으니 새 신발을 신으라고 권했다. 그러나 꼬산은 이튿날에도 그 다음 날에도 낡은 것만 신었다. 두꺼운 양말과 안전화가 흔치 않은 고국에 가져가려고 가방에 넣어 뒀단다. 산에서 일하는 동생을 위해, 한참 사춘기인 아들을 위해서 말이다. 꼬산은 능청스레 웃으며 시선을 돌렸다. 우리나라에서 몇 푼 안 하는 물자를 귀히 담아두는 게 안쓰러웠다. 저러다 다치기라도 하면 어쩌나 걱정이다. 버마 선원들은 파스와 두통약, 작은 손전등처럼 제 나라에서 귀한 물건들을 몰래 챙긴다. 꾀병으로 약을 타가는 걸 알면서도 박대하지 못한다. 가족을 생각하는 속내를 모르지 않기 때문이다.

하루를 마치며 일기에 이 이야기를 쓰는데 기억 저편 아버지의 목소리가 떠올랐다. 어렸을 적 부친은 공사장에서 새참으로 받은 단팥빵을 먹지 않고 주머니에 뒀다가 집에 와서 내게 주셨다. 꼬깃꼬깃해진 겉봉지를 두어 번 매만져 펴고 조용히 내 이름을 부르셨다. 나는 기다렸다는 듯이 달려가 무심코 빵만 받아 왔다. 그 빵을 혼자 우걱우걱 먹었다. 생각해보니 아버지도 이런 신발을 신고 계셨다.

나는 여태껏 아버지의 고마움을 모르고 살았다. 내가 잘나서 스스로 컸다고 생각했다. 등록금 부담을 덜기 위해 지방 공립대에 다녔다. 공사장 잡부, 행사안내원, 배달원 같은 아르바이트는 물론, 대학 언론사에서 일하면서 받은 봉사 장학금까지 용돈에 보탰다. 영어경시대회에서 상을 타 해외어학연수 장학생이 되었고, 배낭여행도 공모전에 당선해 지원금을 받아 다녀왔다. 심지어 첫 직장을 구할 때도 아버지의 의견을 묻기는커녕 합격 소식만 툭 전해드렸다. 집에 손 벌리지 않았다 믿었으니 부모님의 고마움은 생각도 안 했다.

초등학교를 졸업한 게 전부인 아버지는 조세희의 소설 속 난장이처럼 온갖 고생을 마다 않고 가정을 꾸려오셨다. 나는 그런 부친께 아무것도 바라지 않았다. 알아서 길을 찾아야 한다고 생각했다. 그러니 내가 잘나서 무탈하게 사는 줄만 알았다. 이제 보니 나는 아버지의 꼬깃꼬깃한 단팥빵을 먹으며 자랐다. 이렇게 속 안 썩이고 커나가는 게 효도인 줄 알았는데, 다른 게 아니라 이게 불효다. 지금도 단팥빵을 볼 때마다 아버지의 목소리가 떠오르는데, 왜 여태껏 그 따뜻한 부정은 몰랐을까. 꼬산을 보고 깨달은, 이제껏 내가 몰랐던 따뜻한 아버지의 사랑에 눈물이 터져나왔다. 맛있게 먹은 것은 빵인데, 그리운 건 아버지 목소리다. 대서양의 밤은 어둡고 길었다.

깡깡이를 하는 날이면 선원들은 돼지 삼겹살을 구워 먹었다. 물론 소주를 뺄 수 없다. 갑판장은 피부라기보다 껍질 같은 손으로 잔을 집었다. 두툼하게 앉은 굳은살이 샛노랬다. 갈라진 손톱 사이에 검은 때가 짙게 끼었다. 희끗한 머리칼과 깊게 패인 주름 사이로 얼마나 많은 태양과 해풍이 스쳤단 말인가. 환갑이 넘은 갑판장은 외모만큼이나 성격도 거칠다. 배를 오래 탄 사람에게 느껴지는 특유의 쾽한 면이 있다. 과묵하지만 가끔 던지는 한마디에 날카로운 가시가 달렸다. 그러니 그의 첫인상을 좋게 본 선원이 없다. 갓 승선한 나는 그와 유독 자주 부딪혔다.

　—뭣 하려고 배에서 휘파람을 부노!

　갑판장은 바다를 보며 감탄하는 나를 쏘아보고 지나갔다.

　—물을 틀어놓고 손을 씻으면 우짜노! 배에서 청수가 그냥 나오는 것도 아니고, 참말로…

　언제 왔는지 핀잔이다. 깐깐한 시어머니가 따로 없다. 얼마 후 바람이 거칠어지자 갑판장은 내가 휘파람을 불어서 그렇다고 떠벌렸다. 그는 배에서 유일하게 뱃사람의 낡은 미신을 믿는다. 배생활을 어선에서 시작해 생선도 뒤집어 먹지 않는다. 생선을 뒤집으면 배도 뒤집어진다는 이유에서다. 그 미신을 다 지키면 일거수일투족이 불편하다. 나는 노인을 대하기 어려웠다.

　삼겹살을 앞에 놓고 갑판장과 마주 앉았다. 그는 한때 알아주는 주당이었다. 술을 얼마나 좋아했는지, 사우디아라비아에 입항할 때는 주사기로 오렌지에 위스키를 넣어두기까지 했다고 한다. 이 나라에서는 음주가 불법이다. 입항 전에 법에 따라 주류를 밀봉한다. 입항한 날 술 냄새가 나는 것을 이상하게 생각한 검사관은 그의 방을 샅샅이 뒤졌지만 아무것도 찾지 못했다. 그런데 이튿날도, 그 다음날도 술 냄새가 나는 것이다. 선장은 바늘 하나까지 털어낸 끝에 쓰레기통에 있는 오렌지 껍질에서 덜미를 잡았다. 그런 갑판장이 술을 끊었으니 보통 일이 아니다. 이달에 커피를 끊었고, 지난해엔 담배를 끊었다. 좋아하는 고기를 물리고 쓴맛 나는 야채와 보약을 먹는다. 몸이 예전 같지 않은 모양이다. 철판 위를 걸을 때마다 오만상이다. 언제부터인지 그가 안쓰럽다. 갑판장은 한숨을 길게 내쉬었다.

　—실항사, 나도 한때는 애국자라 불렸다. 1975년도. 우리나라가 한참 가난할 때 배를 탔어. 그때는 선원이 외화를 엄청 벌었다고. 내 월급이 공무원 친구보다 세 배나 많았어. 달러벌이로 나라 살리고 동생들 학비까지 댔어. 선원이라는 게 자랑스러웠지.

　노선원은 술김에 속 이야기를 풀었다.

　—일본 배에서 5등 갑판원을 할 때는 맨손으로 똥물을 치우고 좁은 바닥을 기어 다녔어. 그러다 말을 못 알아들어서 턱 아래를 스패너로 얻어맞았지. 얼마나 울었는지 몰라. 그때는 애국하다 생긴 상처라 생각했어. 근데 이제 찬바람에 시려 죽겠다.

　—자식은 나도 모르게 훌쩍 컸지, 배 탄다고 하면 동네에서 좋게 보지도 않지. 이제는 몸이 아파서 술도 마음대로 못 먹는다.

　갑판장은 술을 못 먹는다면서도 연거푸 잔을 들었다. 분위기가

숙연해졌다. 사실 갑판장만의 이야기는 아니다. 다른 노선원도 같은 심정이다. 이제 선원은 기피 직종이다. 일생을 바다에 바쳤지만 가족조차 박수 치지 않는다. 회식은 점점 한을 달래는 자리가 되었다. 몸이 고단한 날이면 선원들의 푸념은 더 거세졌다. 선원들이 제 신세를 한탄할 때마다 내 머릿속은 복잡했다. 오지 말아야 할 곳에 찾아와서 젊음을 허비하는 건 아닌가 싶어 혼란스러웠다.

한풀이는 내 방에서도 반복되었다. 그즈음 같이 승선한 실습기관사 광우는 밤만 되면 맥주를 들고 내 방에 찾아왔다. 유일한 말동무인 내게 승선 생활의 고역을 쏟아냈다.

— 요새 깡깡이 하느라 힘들지? 지낼 만해?

— 나야 뭐, 그럭저럭. 너는 어떤데?

— 솔직히 생각한 거랑 너무 달라. 만날 허드렛일. 시간만 허비하는 것 같아서 답답해.

— 실습이 다 그렇지 뭐. 사실 나도 그래. 만날 깡깡이. 깡깡이. 오전 내내 전동망치질을 하고 나서 점심에 숟가락으로 국을 뜨면 손이 덜덜거려. 국물이 다 쏟아지지. 입을 대접에 대고 마셔야해. 요새는 꿈에서도 깡깡이야. 솔직히 육상에서 이런 일을 하면 일당이 얼마겠어. 이런 일을 무임금으로 시키는 건 너무해. 그래

도 어쩔 수 없잖아. 일 배우는 셈 치면서 실습 마칠 때까지 버텨야지.

—그래. 그러니까 뱃사람들이 실습생을 돼지라고 부르지. 태워주기만 하면 돼지처럼 이득이 많으니까. 월급 한 푼 없이 일 부리고, 젊고 고분고분하니 힘든 일도 군소리 없이 척척 하고. 어떤 회사는 갑판원을 하나 줄이는 대신 실습생을 태운다잖아. 이건 정말 심한 것 같아. 실습생은 실습을 하러 온 거지, 잡부는 아니잖아. 만날 잔심부름, 잡무. 하찮고 귀찮은 건 다 떠넘겨. 그래서 요새 머릿속이 복잡해. 배를 타는 것 자체가 고민이야. 생각한 것보다 생활환경이 열악하고, 부모님 건강도 걱정이고, 여자 친구와 오래 떨어져 있는 것도 그렇고. 이런 식이면 배를 타기 힘들겠어.

—나도 마찬가지야. 깡깡이 하다가 쇳조각이 눈에 들어가서 요새는 계속 눈물이 나와. 솔직히 초임 항해사 업무도 배우고 싶은데, 선장은 삼등항해사 근무 시간에는 선교에 얼씬도 못하게 하니 원.

—너나 나나 젊은 나이에 먼 데서 이게 웬 고생이냐. 사실 형편이 넉넉한 사람들은 배를 안 타. 돈 많은 부모는 자식이 취업을 못하면 카페라도 차려주잖아. 우리 갑판장도 아들한테 가게를 구해줬대. 뱃사람도 제 자식은 배를 안 태우려는 거지.

푸념은 점점 비판으로 번졌다. 광우는 빈 깡통과 함께 감정의 부스러기를 잔뜩 남겨두고 돌아갔다. 그런 날이면 나는 이런저런 생각에 몸을 뒤척였다. 불을 끄고 누워 내가 지금 잘하고 있는 건지, 이대로 가면 어떤 미래가 있을지 걱정했다. 나는 부정적인 생각에 물들지 않으려 부단히 노력했지만 피해갈 수 없었다. 다음 날에도 뜨거운 태양 아래서 망치질을 할 때면 크로마뇽인의 말이 귓가에 맴돌았다. 갑판장 같은 노선원들의 한숨소리도 나를 흔들었다.

커피전문점 스타벅스의 초록색 로고에 그려진 여인은 노랫소리로 뱃사람을 미혹하는 바다 요정 '세이렌'이다. 크로마뇽인과 노선원들의 서글픈 한탄은 세이렌의 노랫소리 같았다. 종종 그 말에 홀려서 어느새 맞장구치고 있는 나를 발견했다. 세이렌에게 홀리지 않게 자신을 선수 마스트에 묶은 오디세우스처럼, 나는 끊임없이 내 승선의 의미와 항해의 목적을 되새겼다.

혼돈 속에서 만난 친구
알베르토

남아프리카로 가는 도중 다음 항해가 결정되었다. 아프리카 동남쪽 해안에 있는 모잠비크의 수도 마푸토Maputo에서 마그네타이트라는 광석을 실어 유럽 어디에 내려준다. 생각보다 일정이 길다. 우리는 여기서 화물을 6만 톤, 20톤 트럭 3천 대 분량을 싣는데, 모잠비크는 항만시설이 열악해서 보름을 잡았다. 보름짜리 여행이다.

아프리카에 간다니, 아마존만큼이나 신나고 설렌다. 소식을 듣자 깡깡이의 고단함이 싹 가셨다. 대학 시절 시민단체 활동을 할 때, 어느 주부회원의 이메일 주소가 'africa'였다. 평생 꼭 한 번 가고 싶어서 붙인 주소라고 했다. 휴대전화 통화 목록이 대부분 사춘기 딸이던 아주머니. 회원들이 모여 저녁을 먹을 때마다 딸

아이 끼니를 챙기느라 서둘러 떠났던 중년의 여인. 그러나 늘 미지의 세상을 꿈꾸던 소녀. 딸은 지금쯤 스물이 훌쩍 넘었을 텐데, 그 여인은 과연 아프리카에 갔을까? 여전히 세계지도를 펴고 환상의 나래를 펼치는지, 아니면 냉장고 문을 열 때마다 뭘 꺼내려 한 건지 곰곰이 생각하다 냉기만 뒤집어쓰고 돌아서는 여느 중년이 된 건 아닌지 모르겠다.

보통 사람에게 아프리카는 그런 곳이다. 쉽게 갈 수 없는 평생의 꿈 말이다. 그 아프리카에 내가 간다.

배는 희망봉을 끼고 돌아 모잠비크 연안에 닿았다. 낯선 갈매기가 나타나고 어선이 우리를 맞았다. 손바닥만 한 통통배가 거대선을 앞에 두고도 의연하게 버티는 걸 보면 텃세를 부리는 것 같다. 실은 바다에 던져놓은 어망을 상선이 훼손하지 못하게 하려는 사투다. 통통배가 많으면 항구는 낙후한 게 보통이다. 낚싯배를 보며 우리는 현지 항구 사정을 점쳤다. 연안에 접근하니 바다색이 뿌옇게 바뀌었다. 이어 전파를 감지한 휴대전화가 딩동딩동 뭍의 소식을 전했다. 우리는 순서대로, 아주 천천히 이국의 속살에 파고들었다.

해 질 녘 밀물 때에 접안했다. 퍽 까다로웠다. 도시 외곽을 반 바퀴 휘돌아 접안하는데, 건물에서 흘러나오는 빛 때문에 검은 수면이 눈에 보이지 않았다. 게다가 현지 도선사는 카지노라든지 유명한 관광지와 술집을 설명하느라 정신없었다. 도선사라기보

다 관광안내원 같았다. 내 마음은 도선사의 설명을 따라 콩밭에 갔다. 밖에 서늘한 남서풍이 불었다. 목덜미를 휘감는 바람결에 이곳 특유의 시큼한 향이 묻어났다. 전에 맡아본 적 없는 알 수 없는 향이었다.

—야, 이 무슨 냄새고? 향신료 같은디?

—참내, 카지노 칩 냄새 아이가?

—노름꾼 코는 뭐든 카지노야? 이게 바로 아프리카 여자 냄새다. 무식아.

선원들은 뭍 냄새가 난다며 흥분에 겨웠다. 우리에게 뭍은 오랜 항해 끝의 달콤한 휴식이다. 굶주림 끝의 식사이며, 가뭄 속 소나기, 사막의 오아시스다. 무엇보다 거친 바다를 무사히 건넜다는 안도이며 성취다. 이제 뭍을 즐길 때다. 멀리 마푸토 시내가 한눈에 들어왔다.

깊은 밤 구름 없는 하늘에 별들이 반짝이고, 그 아래 도심 속 높은 건물은 멀리까지 빛을 뿜었다. 외곽의 지붕 낮은 주택에서는 따뜻한 조명이 흘러나왔다. 나는 별을 헤듯 도시의 불빛을 보며 설렘을 키웠다. 우리를 맞을 도시, 거기서 만날 사람과 신선한 야채, 해산물, 거리의 풍경을 상상했다. 대서양을 건너는 열흘 내내 뭍을 꿈꾸었기에 우리의 상륙은 한결 달콤할 것이다. 항구의 밤거리와 그 위를 걷는 사람들의 이야기가 별자리 신화처럼 눈앞에 펼쳐졌다.

모잠비크는 1975년 포르투갈의 식민 지배에서 독립했다. 이후 일당 독재 사회주의와 오랜 내전을 겪다가 1990년에야 복수정당제와 자유시장경제를 받아들였다. UN인간개발지수와 한국무역협회 자료를 보면, 이 나라 1인당 국민소득은 368달러(2007년), 평균 수명은 41.4세(2008년)에 불과하다. 인구 70%가 빈곤층이고 성인 53.5%가 문맹이다. 여태 이런 나라에 가본 적이 없다. 전혀 다른 세상이 나를 기다리고 있었다.

접안 다음날 오전 당직을 마치고 정오에 혼자 상륙했다. 실기사와 다른 선원들은 혼자 가면 위험하니 조금만 기다렸다가 같이 나가자고 했지만 그럴 시간이 없다. 마음속에서 야생마 한 마리가 쿵쿵거렸다. 나는 마구간을 뛰쳐나가는 말처럼 배를 벗어났다. 일항사는 내 모습이 탈옥하는 죄수 같다고 했다.

그야말로 눈부신 오후였다. 아프리카는 뜨거운 햇살 아래 이글거렸다. 아지랑이 너머 낡은 건물은 녹아내리는 초콜릿처럼 흐물흐물해 보였다. 그 안에 뭐가 있을지 궁금했다. 부두와 항구를 오가는 버스를 탔다. 지하철처럼 창문을 등지고 앉는 커다란 버스다. 가뜩이나 피부 하얀 내가 흑인들 사이에 앉자 분위기가 순식간에 어색해졌다. 검은 얼굴 속 흰 눈동자가 이리저리 허공을 헤매는 걸 느끼지 않을 수 없었다.

비포장도로를 달리는 바람에 먼지가 피어올랐다. 앞바퀴에서 일어난 먼지가 뒤쪽 창문으로 들어왔다. 한번 들어온 먼지는 버스 안을 헤집었다. 그렇다고 이 더위에 창문을 죄다 닫을 수도 없는 노릇이다. 사람들은 무심했다. 버스에 탄 사람 중 먼지에 신경 쓰는 건 나뿐이다. 머뭇거리던 나는 갑자기 벌떡 일어나 뒤쪽 창문을 꽉 닫고, 앞쪽 창문을 활짝 열었다. 해결이다. 나는 손을 탁탁 털고 자리로 돌아왔다. 흰 눈동자 수십 개가 나를 보고 있음은 말할 것도 없다. 몇몇이 수군거렸는데 "저 친구 똑똑하다"고 한 것 같지는 않았다.

먼지 반, 공기 반을 마셔가며 항구를 빠져나왔다. 정문을 나서자 시공의 문을 지난 것처럼 다른 세계가 펼쳐졌다. 항구 앞은 난장판이었다. 자동차 경적 소리와 알아들을 수 없는 이방의 언어가 달려들었다. 이국 특유의 냄새와 오토바이 매연, 무더운 날의 땀 냄새, 바다 냄새, 바늘처럼 따가운 햇살이 한데 뭉쳐 나를 덮쳤다.

정문 앞에 원형교차로가 있고 그 너머가 기차역이다. 자동차와 오토바이가 그 앞을 줄줄이 지나갔다. 교차로 둘레가 모두 버스 정류장인데, 버스라는 것이 작은 승합차여서 아무리 밀어 넣어도 얼마 못 태우고 떠났다. 그래서 멀리서 차가 다가오면 기다리던 사람들이 우르르 몰려갔다. 한 사람이라도 더 타려고 아우성이다. 이렇게 간절한 표정으로 버스를 타는 모습은 처음 본다.

낡은 자동차의 요란한 엔진 소리와 악착같은 승차 경쟁에 일대는 소란이 끊이지 않았다. 상인은 흥정하고, 누구는 소리를 지르고, 오토바이는 소음을 뱉으며 배기가스를 뿜었다. 삶에 찌든 사람들의 움직임은 혼돈 그 자체였다. 사람들은 제 피부만큼이나 검은 그림자를 이끌고 분주히 다녔다.

　도무지 발을 뗄 엄두가 안 났다. 일단 앞에 있는 오백 명 중 오백 명의 얼굴이 다 검다는 건 보통 충격이 아니다. 외모나 피부색을 가지고 이야기하는 걸 즐기지 말라고 배웠지만 밀려오는 이상한 감정을 물리칠 수 없었다. 이건 피부색의 문제가 아니라 나 혼자 다른 세상에 왔다는 걱정과 소외감이다. 고양이 우리에 들어간 강아지 꼴이다. 아무리 섞이려야 섞일 수 없는 세상에 온 기분이었다. 스마트폰만 켜면 내가 탈 버스가 언제 오는지 알려주는 첨단의 세상에서 온 나는 마치 미래에서 온 사람처럼 낯선 항구의 정문, 다들 버스를 타기 위해 치열하게 뛰어다니는 그 난장판 속에 멍하니 서 있었다. 한 발만 내딛어도 순식간에 과거의 세상으로 빨려들 것 같았다.

　둘러보니 건물 귀퉁이에서 사내 여럿이 한갓지게 노닥거렸다. 일자리가 없는 모양이다. 한량의 무리는 여럿이었다. 혼자인 나는 사내들을 경계했다. 이 도시에 나를 반겨줄 사람이 없다는 사실 위로 두려움이 번졌다. 내 속마음을 알아챈 듯 흑인 하나가 다가왔다. 건장한 사내가 내게 능숙하게 말을 걸었다. 영어가 퍽 유창했다.

—안녕, 아미고(친구). 어디 가려는 거야?

—그냥, 구경하고 있어.

내가 건성건성 대꾸하자 남자가 악수를 청하며 말했다.

—내 이름은 알베르토야. 얼마 전까지 항구에서 일하다가 계약이 끝나서 지금은 직업이 없어. 여기 다른 사람들처럼 말이야.

그는 자기 말을 믿어달라는 듯이 주머니에서 예전 신분증을 꺼내 보여줬다. 낡은 신분증은 그 예전이라는 게 퍽 오래전임을 짐작케 했다. 흑인은 내게 가까이 다가서며 말을 이었다.

—여기는 위험해. 낮에도 강도가 많아. 내가 같이 있어줄게. 여기저기 안내하고 말이야.

나는 낯선 사내를 유심히 관찰했다. 키는 190센티미터가 넘어 보였고, 손은 곰 발바닥처럼 넓고 두껍다. 기다란 손가락에 알통이 달린 것 같았다. 툭 불거진 두툼한 입술과 크고 넓죽한 코, 수세미처럼 거칠고 곱실거리는 머리칼, 검고 짙은 속눈썹, 그 속눈썹은 검은 피부에 묻혀 드러나지 않았다. 전형적인 흑인 상이다. 이토록 가까이서 흑인을 관찰하기는 이 사내가 처음이다. 나는 그의 제안이 달갑지 않았다. 사기꾼일지도 모르고, 제안을 받아들였다 계속 휘둘릴 수도 있다.

─괜찮아. 이 근처만 구경할 건데 뭐.

나는 귀찮다는 신호로 걸음을 옮기며 무신경하게 대꾸했다.

─네 카메라, 조심해. 그렇게 어깨에 메고 가면 위험해. 여럿이 달려들면 어쩌려고.

알베르토는 매달리듯 따라왔다. 막무가내였다. 나는 카메라 걱정에 그를 밀어내지 않았다. 그렇다고 받아들인 것도 아니다. 한동안 우리는 아무것도 아닌 관계로 길을 걸었다. 그는 내 어깨에 손을 올리고 방향을 안내하면서 끈질기게 따라왔다. 나이가 서른 여섯이라는 둥, 항구에서 버스로 30분 거리에 산다는 둥, 가족은 몇이고 아내가 아프다는 둥 별 소리를 다 했다. 나는 남자의 말을 건성으로 들으며 갈 길을 재촉했다.

그런데 나도 모르는 사이 알베르토에게 마음을 열기 시작했다. 그의 딱한 처지 때문이 아니다. 가게 주인이나 경비원, 행인 여럿과 반갑게 인사하는 것을 보며 나는 사내가 믿을 만하다고 생각했다. 낯선 도시가 불안한 나는 그와 동행하기로 마음먹었다. 허약한 강아지에게 든든한 고양이 친구가 생긴 것 같았다. 어느새 나는 '흑곰'이라는 별명까지 지어가며 알베르토에게 다가갔다. 흑곰에게 바짝 붙어 마푸토의 낡은 골목을 지났다.

치안이 불안한 나라에 가면 내가 얼마나 약한 사람인지 깨닫는다. 버스에 타거나 음식을 주문하는 사소한 것도 제대로 못하는 나를 발견한다. 배울 만큼 배웠고 내 주위 모든 걸 통제할 수

있을 만큼 멀쩡하다고 믿지만 실상은 그렇지 않음을 깨닫는다.
길을 걷는 것조차 두려울 때가 있다. 외진 곳에 사내들이 몰려 있
으면 괜히 멀리 돌아가고, 밤길에 누가 따라오기만 해도 걸음이
빨라진다. 문제가 생겨 경찰 조사에 엮이면 출항을 지체시킬 수
있다는 선원의 약점이 있지만 그보다는 본연의 두려움이 크다.

나는 이 친구와 함께 도시 구경에 나섰다.

달콤하지 않을 자유

데자뷔라고 하나? 기시감이 든다. 어느덧 해는 저물고 밖은 까맣게 어둡다. 주변은 알아듣지 못하는 포르투갈 말로 소란스럽다. 접시 달그락거리는 소리와 술잔을 탁 내려놓는 소리, 손뼉 소리, 호탕한 웃음소리가 섞여 실내는 윙윙거리고, 쓸데없이 크게 틀어놓은 라디오에서 음질이 엉망인 노래가 흘러나온다. 창문으로 습한 바람이 불어온다. 저만치 탁자 사이에서 머리를 라면처럼 땋은 흑인 여성과 햇볕에 벌겋게 그을린 백인 남자가 춤을 춘다.

내 앞에는 알베르토가 앉아 있다. 흑곰과 럼주를 마시며 나는 혼자 피식 웃는다. 출국 무렵 꾸었던 꿈과 비슷한 장면이다. 취기가 퍼지면서 노곤함이 몰려오는 걸 보니 슬슬 배로 돌아가야 할 시간이다. 피곤하지만 나름 신나는 하루였다. 출국 전날 아침에 전화가 조금만 늦게 왔더라면, 그래서 꿈을 마저 꾸었더라면 오늘 벌어진 소동을 점칠 수 있었을까.

항구를 빠져나와 알베르토를 만났고, 그 다음 현지 경찰을 맞닥뜨렸다. 두 사람은 기다란 소총을, 나머지 하나는 산탄총을 들었다. 세상에! 무기로 봐서는 아프리카 대륙의 반군을 소탕한다거나 민가에 출몰하는 사자라도 잡을 기세다. 만약 사내들이 내게 말을 건다면 아주 걸걸한 목소리로 "젊은이, 지금 우리가 반군을 소탕하러 먼 길 떠나는데 물 한 잔 줄 수 있겠나" 정도가 어울릴 법하다. 기대와 달리 경찰은 여권 타령이었다. 먹이를 발견한 하이에나 같았다.

—선원입니다. 여권 대신 상륙증이 있습니다.

—상륙증은 믿을 수 없습니다. 여권을 보여주세요.

원래 선원은 여권을 갖고 나오지 않는다. 여권을 잃어버리면 선박 출항에 지장이 생기기 때문에 현지 정부가 발행한 임시 상륙증을 갖고 다닌다. 항구에서 멀지 않은 곳이니 경찰도 상륙증을 모를 리 없다. 그런데도 여권을 보여달라고 닦달했다.

—여기 도장을 보세요. 정식 상륙증입니다. 정 못 미더우면 같이 항구 출입국관리사무소로 가시죠.

경찰은 움직일 생각이 없었다. 꿈쩍도 않고 여권 타령만 했다. 이럴 때 말이 통하는 현지인이 도와준다면 좋겠지만 알베르토는 저만치서 딴청이다. 부패한 경찰이다. 흑곰이라도 어쩔 수 없다.

내가 흥분해서 항구로 같이 가자고 하니 경찰은 가장 무서운 말을 던졌다.

—Do you want to fight with police? (경찰과 싸우자는 겁니까?)

더 할 말이 없다. 결국 뇌물을 달라는 거다. 사내들은 경찰서로 가자는 말도, 돈을 달라는 말도 없이 금쪽같은 내 시간을 잡아먹었다. 경찰은 "이 자식 눈치도 없네" 하는 얼굴로 내 상륙증을 만지작거렸다. 나는 영문을 모르겠다는, 상급자에게 혼날 때 일부러 짓는 그런 표정으로 주위 시민을 둘러봤다. 서로 말이 없었다. 그러기를 20초쯤 했을까. 경찰은 포기했는지 "다음부터는 조심하라"며 상륙증을 돌려줬다. 아주 긴 20초였다. 경찰이 사라지자 멀찌감치 떨어져 있던 알베르토가 살살 다가와서는 "갓뎀, 폴리스맨"이라며 신나게 경찰 욕을 해댔다. 찍 소리도 못하더니 이제 와서 난리다. 헛웃음밖에 안 났다.

경찰을 보내고 구시가지를 구경했다. 옛 서울역을 닮은 기차역과 남유럽 풍 우체국 건물이 보였다. 포르투갈 식민 시절에 지은 낡은 건물은 페인트가 벗겨져 얼룩덜룩했다. 군데군데 짓다 만 건축 현장도 있다. 1975년 포르투갈로부터 독립할 무렵 착공했는데, 이후 아무도 돈을 대지 않아 40년 가까이 방치되었다고 알베르토가 설명했다. 최근 개발 바람에도 불구하고 건물은 대부분 포르투갈 양식이고, 대체로 낡고 높이가 낮았다.

도시 한가운데 있는 공원은 엉망이다. 다듬지 않은 나무는 멋대로 가지를 뻗었고, 그 가지에 거꾸로 매달린 박쥐 떼가 음산하게 울었다. 허물어진 나무 의자와 배수가 되지 않아 생긴 웅덩이가 곳곳에 있었다. 웅덩이 주변으로 잡초가 무성하게 자랐고, 그 속에서 젖은 쓰레기가 아주 천천히 썩어갔다. 폐허가 따로 없다. 공공시설을 방치하면 어떤 일이 생기는지 경각심을 주기 위해 조성한 공원 같았다. 도로는 군데군데 움푹 꺼져서 달리는 자동차가 덜컹거렸다. 안에 있는 사람은 춤추듯 좌우로 흔들렸다. 마푸토 구시가지는 1975년 이래 시간이 멈춘 것 같았다.

바닷가로 걸어가는 사이 슬그머니 분위기가 바뀌었다. 여기는 다른 세상. 부산 해운대처럼 고급 주택이 한가하게 늘어섰다. 높은 담장마다 방범용 고압전선을 달았는데, 밖에서 보면 도리어 집 안이 감옥 같았다. 커다란 대문에서 유럽산 고급 승용차가 빠져 나왔고, 이후 문은 영원처럼 굳게 닫혔다. 방탄복에 커다란 총을 든 경비원을 보니 그 집에 다가가고 싶은 마음이 눈곱만치도 안 생겼다. 담장과 경비원은 집주인의 불안을 말한다. 혼자 많이 가지면 그만큼 불안해지는 모양이다.

근처에 야외 수영장과 고급 식당이 딸려 있는 요트 계류장이 있다. 물놀이를 좋아하는 나는 흑곰을 끌고 식당에 들어갔다. 입

장료가 비싸지 않았다. 한쪽에는 파란 수영장이, 반대편에는 인도양이 끝없이 펼쳐지고, 바다 위를 하얀 요트 무리가 백조처럼 유유히 떠다녔다. 시원한 바닷바람이 불어와 탁자 사이사이로 스몄다. 그 속에서 손님들은 각자 수다를 떨며 늦은 오후를 보냈다. 식당 안에는 구시가지에서 느낄 수 없는 여유가 흘렀다. 그 넉넉한 분위기가 마음에 들었다.

거절하는 흑곰을 두고 나 혼자 물에 들어갔다. 뭍의 물은 차갑고 매끄러웠다. 수영하는 사람이 서넛뿐이라, 나는 수영장 전체가 내 것인 것처럼 헤집고 다녔다. 잠겼다 떠오르고, 방정맞게 몸을 뒤집었다. 내가 물에 들어간 사이 태양이 설핏 기울었다.

아쉽지 않을 만큼 수영을 하고 돌아오니 자리는 텅 비어 있었다. 어리둥절했다. 탁자 위에는 식은 맥주뿐 내 가방과 옷가지, 그리고 알베르토가 흔적도 없이 사라졌다. 가방에는 흑곰에게 줄 수고비와 그보다 훨씬 많은 현금, 상륙증이 있다. 아차 싶었다. 뭐가 잘못 되고 있었다. 나는 멍하니 자리에 앉아 사내를 하염없이 기다렸다.

5분, 10분, 20분…

아무리 기다려도 그는 나타나지 않았다. 낭패다. 차라리 뒷골목에서 털렸으면 겉옷이라도 입고 있을 텐데, 이건 털려도 통째로 털린 셈이다. 팬티 바람에 인파로 넘치는 항구 정문을 지나야 한다니. 흙먼지 풀풀 나는 버스의 창문은 이제 누가 닫겠는가. 신원을 증명할 수 없으니 중간에 어디 끌려가서 알몸으로 새우잡이 어선에 팔려가는 건 아닌지, 어찌어찌 배로 돌아간다 해도 조금만 기다렸다가 같이 나가자던 크로마뇽인에게 무슨 놀림을 당할지 걱정이 몰려왔다. 당장 맥주 값은 어쩐단 말인가. 내가 낯선 남자를 과히 믿은 건 아니었나, 후회가 밀려왔다.

우려가 절망으로, 절망이 체념으로 변할 쯤 나는 슬슬 탈출 계획을 세웠다. 나갈 때 지불하는 맥주 값은 어쩔 도리가 없다. 여기서 나를 몰래 빼내줄 사람은 없을 테고, 어쨌든 배로 돌아가야 할 것 아닌가. 건물 담벼락은 높다. 몰래 정문으로 나가야 한다. 잠시 주차장에 다녀오는 것처럼 슬쩍 나가는 게 상책이다. 옷을 안 입었으니 도망간다고 의심받지는 않을 것이다. 근처에서 기회를 기다렸다. 그림자가 길어지고 서쪽 하늘이 붉게 물들었다.

조금 기다리니 직원들이 무슨 일을 해결하러 우르르 몰려갔다. 나는 까치발로 정문을 빠져나왔다. 등줄기가 오싹해서 걸음아 나 살려라 뛰었다. 정문 바로 옆 모퉁이를 돌아서는 찰나, 내 눈이 휘둥그레졌다.

담장 아래서 흑곰이 울상으로 담배를 피우고 있었다. 반갑기도 하고, 다행스럽기도 하고, 화도 나고, 어서 옷을 입어야겠다는 생 각도 들고, 일단 달려가서 이 녀석에게 대한민국 쌍욕사전을 읊 어주고 싶지만 그 안쓰러운 얼굴을 보니 마음이 누그러졌다.

말을 들어보니 직원 여럿이 회원 규정을 들어 쫓아내더란다. 벽에 붙어 있는 회원 규정의 요는 이랬다. 이곳은 회원제 식당이 다. 요금을 내고 들어왔어도 회원이 아니면 수영장에 들어갈 수 없으며, 손님이 붐비는 식사 시간에는 회원에게 자리를 우선 배 정한다는 것. 물론 한가한 무렵이고 빈자리도 여럿이니 직원들이 알베르토의 등을 떠밀지는 않았다. 다른 손님의 주문이 밀려 있 다는 핑계로 그의 주문을 받지 않으며 불편하게 대한 것이다. 눈 치가 있다면 직원의 의도를 모른 척할 수 없을 것이다.

가만 보니 이곳 손님은 모두 백인뿐이고 직원은 온통 흑인이 다. 한가하게 쉬는 백인 사이를 분주하게 오가는 흑인을 보노라 니 노예시대로 회귀한 느낌마저 들었다. 오랜 시간이 지나도 식 민시절의 흔적은 쉬 지워지지 않는 모양이다. 이런 곳에 홀로 있

는 알베르토를 생각하니 안쓰러웠다. 얼마나 가시방석이었을까? 이상한 것은 나야말로 회원만 이용할 수 있는 수영장에까지 들어갔는데 아무도 제재하지 않았다. 식당은 흑인에게만 규정을 깐깐하게 적용하는 방법으로 사람을 쫓아냈다. 씁쓸했다. 차별은 점점 교묘해진다. 누구 말대로 불법은 성실하고 정의는 게으르다.

그렇게 오후를 보낸 우리는 해안선의 붉은 노을을 따라 터벅터벅 항구로 걸어왔다. 어두침침한 항구 뒷골목은 밤의 환락으로 휘청거렸다. 밤거리에는 취객과 창녀와 노숙인 무리 여럿이 있었다. 조명이 닿지 않는 어둠 속에서 흑인의 허연 이와 눈동자가 보였다.

전날 밤 일항사와 일기사가 배로 돌아오는 길에 강도를 만났다고 했다. 예닐곱이 우르르 몰려와서 닥치는 대로 앗아가더라는 것이다. 다행히 흉기는 들지 않았다. 사방에서 검은 손이 뻗어와 온몸을 헤집는데도 이들이 할 수 있는 건 아무것도 없었다. 지갑이며 휴대전화며 주머니에 있는 것은 물론 허리띠마저 풀어갔다. 두 사람은 입고 나갔던 외투도 없이 셔츠 차림으로 돌아왔다. 나는 어둠을 두려워하지 않는 알베르토 등에 바짝 붙어 걸었다. 그 단단한 어깨가 든든했다.

우리는 사람들로 북적이는 주점에 들어가 조명 낮은 탁자에 앉아 고단함을 달랬다. 술잔을 물끄러미 보고 있는데 문득 내가 배를 타고 참 멀리까지 왔다는 생각이 들었다. 어쩌다 여기까지 와서 이러고 있는지 신기할 따름이다. 나도 돌잔치 때는 사람들의 기대 속에서 연필이나 청진기를 집어 들고 주변의 축복을 받았을 텐데, 시간이 흘러 성인이 된 나는 아무도 찾아오지 않는 아프리카의 어느 뒷골목에서 우락부락한 흑인과 값싼 럼주를 들이키고 있다. 바흐와 보케리니의 음악을 사랑했던 내가 잡음 섞인 라디오 음악에 몸을 흔든다. 오늘 하루, 나는 폐허 같은 공원과 사람을 차별하는 수영장에 다녀오고 부패한 경찰을 만났다. 알베르토를 잃어버리고, 의심하고, 불안해했다. 온실에서 자란 여린 화초가 전에 몰랐던 온갖 풍파를 경험한다.

럼주를 꿀꺽 넘길 때마다 기분이 점점 좋아진다. 사람들은 이런 걸 '자유'라고 하는가보다. 언제 한번 내 이렇게 자유로웠던 적이 있었단 말인가. 학교 다닐 때는 점수에, 신문사에서는 매일 써야 하는 기사에 쪼들려 살았다. 밑천이 변변찮은 내가 늘 잘해야 한다는 강박에 쫓겨 살았으니 얼마나 힘들었는지 모른다. 배에 오니 여기는 1등이라는 게 없다. 배는 늘 일정하게 나아가고, 선원들은 제자리를 지키면 그만이다. 비교 상대가 없으니 경쟁도 없다. 뭔가를 잘해보려고 부자연스럽게 아등바등하지 않아도 된다. 제 능력 안에서 제 몫의 기쁨에 만족하면 된다.

상륙을 나와도 나를 끌고 다니는 안내원이 없다. 어디 어디를

가야 한다는 계획표도 없다. 배고프면 먹고, 신나면 뛰고, 취하고 싶으면 마신다. 물론 마푸토는 현란한 악대의 환영가나 화려한 깃발, 이름난 볼거리, 관광객을 반기는 미녀, 심지어 흔한 호객꾼조차 없는 도시다. 나는 초대받지 않은 손님처럼 이 도시를 누비면서 그저 많이 만나고, 많이 부딪고, 성내고, 헤매고, 웃는다. 게으를 때는 한없이 게으르고, 흥분할 때는 한없이 흥분한다. 기쁘면 기쁜 대로, 슬프면 슬픈 대로, 피곤하면 피곤한 대로, 취하면 취하는 대로, 자유 속에서 나는 훨씬 나다워진다.

소설 『멋진 신세계』에는 젊음과 행복한 감정을 보장하는 문명, 그리고 그 반대인 야생이 있다. 야만인들은 문명 밖에서 때때로 굶고, 감기에 걸리고, 다치고, 쓸쓸하고, 종종 신나고, 설레다가 자연스레 나이 들고, 얼굴에 주름이 생긴다. 아주 인간답게 말이다.

항구의 뒷골목에 앉아 있자니 나도 인공의 세계를 떠나 불행해질 자유까지 누리는 것인가 싶다. 먼 타국에서 호텔에 머물지 않고, 관광버스를 타지 않고, 안내원의 친절한 설명 없이 여행한다. 그리고 낯선 이들과 어둑한 골목에서 밤을 맞는다. 화려하지 않아도 좋다. 편안하고 깔끔하지 않아도 괜찮다. 내 꿈에 나타났던 이 허름한 술집마저도 내가 누리는 자유의 일부다. 럼주가 달다. 기분이 좋다.

비통한 현실의
세밀한 굴곡

마푸토를 떠나 대서양에 진입한 배는 적도와 라스팔마스 섬을 지나 북으로 북으로 올라갔다. 하루하루 기온이 떨어졌고, 계절은 가을에서 여름, 그리고 다시 가을이 되었다. 정해진 계절을 맞는 고국의 친구들과 달리 나는 한 해에도 여러 번 계절을 거슬렀다.

갑자기 기온이 변하면 선원들은 여기저기 끙끙 앓는다. 감기도 감기지만 하나같이 허리에 통증을 호소한다. 무리한 작업도 없는데 근육과 관절통이 많다. 뼈가 부러지는 사고도 주로 이런 때 일어난다. 여럿이 동시에 아픈 것을 보면 환경 변화 탓이 크다. 기계도 문제다. 추위에 수축한 쇠가 다시 열기에 팽창하면 말썽이다. 그래서 선원들은 적도를 지날 때마다 적도제를 지낸다. 바다 신에게 항해의 안전과 선원의 건강을 기도한다.

지중해의 입구인 지브롤터 해협을 지날 쯤에야 화물을 어느 항구에 하역할지가 결정되었다. 우리가 항해하는 동안 유럽의 중개인들은 눈치, 코치 다 써가며 거래했을 것이다. 하역 항은 암스테르담. 여기에 짐을 부리면 작은 배와 철도가 유럽 전역으로 퍼뜨릴 것이다.

스페인 연안에 접어드니 악명 높은 비스케이 만Biscay bay이 우리를 맞았다. 스페인 북부와 프랑스 서부 해안에 접한 비스케이만은 연중 대부분 날씨가 궂다. 이 일대는 섬도 없는 깊은 바다다. 과거 범선 시절에는 해난 사고가 잦아서 '범선의 무덤'으로까지 불렸다. 지난 2002년에는 써니영보다 큰 유조선 프레스티지Prestige 호가 거대한 이상 파랑에 맞아 침몰하는 등 해난 사고가 빈발한 곳이다. 게다가 가을과 겨울에 이는 편서풍이 불었다. 지구 자전의 영향으로 북위 30도 아열대고압대 위쪽에 부는 강력한 바람이다.

비스케이에 접어든 날 밤, 바다는 순식간에 낯을 바꿨다. 구름이 해를 가리고 파도가 뱃길을 막았다. 레이더는 파도의 잔상으로 혼잡하고 기온은 추락했다. 바다는 온통 태극 모양 파도로 가득했다. 방향을 알 수 없는 바람이 불청객의 노크처럼 창문을 연방 두드렸다. 시속 70킬로미터가 넘는 거센 바람이다. 배는 고르게 나아가지 못했다. 물이랑에 치솟고 물고랑에 처박혔다. 선원들이 두려워하는 황천항해다. 거칠 황(皇)에 하늘 천(天)자를 써서

'하늘이 거친 항해'라는 뜻인데, 선원들은 누를 황(黃)에 샘 천(泉) 자를 써서 '저승에 가는 항해'라고 부른다. 발아래 천길 지옥 길이 있음을 유념하려는 선원들의 관습이다.

선체가 널뛰듯 요동칠 때마다 어디서 끼익 끼익하는 불안한 소리가 났다. 선수에서 커다란 파도가 부서져 하얀 물보라가 허공에 퍼졌다. 이물에 커다란 솜사탕이 달린 것 같았다. 파도가 갑판까지 혀를 날름거렸다. 살살 훑다가 어느 순간 갑판을 집어삼켰다. 그럴 때마다 등에 식은땀이 흐르는 것 같았다.

아무것도 모르는 나는 커다란 파도가 신기하기만 한데, 캡틴은 배가 요동칠 때마다 이런저런 걱정이 많았다. 이런 때는 아는 게 힘인지 모르는 게 약인지 모르겠다. 파도가 더욱 심해지자 선장은 독일 용선회사와 위성전화로 통화했다. 써니영을 1년쯤 빌려 쓰는 해운회사다.

—날씨가 엉망입니다. 파도가 세서 배가 심하게 흔들리고 속도도 떨어집니다. 항로를 조정하는 게 좋겠습니다.

—무슨 말입니까. 기상 정보를 보니 그다지 심하지 않습니다. 다른 배들도 잘 가고 있어요. 걱정하지 말고 예정대로 항해하세요. 하루가 급합니다.

용선회사 직원의 결정은 간단했다. 그는 파도를 모르고 배를 모르고 선원을 모르며 무엇보다 두려움을 모른다. 직원은 오직 적자와 흑자, 더하기와 빼기를 안다. 그는 안락한 사무실 책상에 앉아 있을 것이다. 따뜻한 커피를 마시고 있겠지. 직원은 종이에 적힌 날씨 정보를 놓고 우리 상황을 판단했다. 하늘에서 내려다보는 것처럼 확신에 찼다. 전쟁터의 참혹함은 모른 채 본부 책상에 앉아 진격만 외치는 고집불통 지휘관 같았다. 얄미웠다.

독일 사무실은 가상의 공간이다. 종이와 전화 통화, 은행의 숫자로 세상 모든 일을 결정한다. 사무실에서는 파도와 바람을 알 수 없다. 선원의 안전보다 영업 이익이 중요한 까닭에 한시라도 빨리 도착하는 일만 생각한다.

내가 있는 곳은 현실의 공간이다. 우리는 머리로 알기 전에 몸으로 느낀다. 나는 갑판을 넘나드는 파도의 혓바닥이 무서워 밖으로 통하는 문을 단단히 잠갔다. 이 순간, 독일 사무실에 선원의 생명을 염려하는 사람은 없다. 회사는 왜곡된 기상 정보를 근거로 우리를 재촉한다. 사무실의 지시에 떠밀려 파도 속으로 뛰어들자니 철부지가 조종하는 게임의 주인공이 된 것 같았다. 오른쪽 끝에 붙어버린 풍속계 바늘을 사진으로 보여주고 싶었다.

—휴, 어쩔 수 없지. 독일 땅에 선장이 있으니 나는 내려가련다.

선장은 뼈 있는 말을 남기고 체념하듯 선교를 떠났다. 통신기술이 발달하면서 육상 사무실의 참견은 세밀해졌다. 이제 한 달에 세제를 몇 통이나 쓰는지도 감시한다. 그러니 선장의 권한은 점점 줄어들어 요즈막에는 판단자가 아니라 보고자로 전락했다. 판단력이 퇴화한 선장들은 해바라기처럼 본사의 지시만 기다린다. 그러니 절체절명의 상황에서 중요한 시기를 놓치기 일쑤다. 현장 책임자에게 좀 더 많은 권한이 필요한 까닭이다.

폭풍우 속을 항해하는 밤, 엎친 데 덮쳐서 고국에서 어처구니없는 소식이 왔다. 이태쯤 만나온 여자 친구의 전화였다.

—준영 선배 알지? 선배가 나 소개팅 주선해준대. 괜찮은 남자를 점찍어뒀다나?

어이가 없어서 말문이 막혔다.

—어… 그래? 그 선배, 우리 만나는 거 알고 있지 않아?

—응, 그래서 '선배, 저 연식이 만나잖아요' 했더니, '그놈 배 타잖아' 그러는 거야.

가슴을 후비는 말이었다. 여과 없는 말들이 나를 아프게 했다. 여자 친구와 나를 동시에 아는 사람이 그런 자리를 주선하겠다는 것도 괘씸한데 "배 타잖아"라는 말은 나를 두 번 죽였다. 그건 곧 배를 타면 존재하지 않는 사람이라는 말, 남자 친구의 자격이 없다는 의미다. 그 순간 나는 망자가 되었다. 내가 세상 사람에게서 존재하지 않는 자로, 이제 없는 사람 취급이 마땅한, 있으나 없으나 다를 게 없는 '투명 인간'이라는 말이다. 존재를 부정당하는 것만큼 아픈 것이 있을까. 차라리 나를 모르는 사람이 얼결에 한 말이었으면 나았을 것을, 내 얼굴과 말투와 성격을 아는 사람이 그런 말을 했다는 것은 보통 충격이 아니었다. 이대로 바다에 빠져 죽어도 세상은 눈 하나 깜빡하지 않을 것만 같았다. 절망스런 밤이었다.

배는 계속 널을 뛰었다. 좌우로 흔들리는 통에 책상 위 물건들이 죄다 바닥에 떨어져 이리저리 굴러다녔다. 당직을 마치고 방에 가니 정리해놓은 것들이 모두 엉망이 되었다. 문을 열자 마른 맥주 냄새가 훅 끼쳤다. 굴러다니던 맥주 캔끼리 부딪혀 터지고, 바닥에 떨어진 종이가 맥주에 젖고, 그 주변으로 볼펜 잉크가 번져 바닥을 더럽히고, 매달아놓은 빨래가 떨어져 난장판에 섞였다. 그때 내 심정이 꼭 어질러진 바닥 같았다. 나는 난장판을 정리할 힘도 없어서 흔들리는 침대에 몸을 내던졌다.

힘이 쭉 빠졌다. 아무것도 생각하고 싶지 않았지만 준영 선배의 말이 귓가에 맴돌았다. 나는 정말 투명인간이 된 것인가. 분하고 억울했다. 당장 쫓아가서 주먹질이라도 하고 싶었다. 그럴 수조차 없다는 사실에 거듭 절망했다. 억장이 무너진다는 게 이런 것인가 보다. 정말 억장이 무너졌다. 다 포기하고 유럽에서 귀국하면 어떨지 고민했다. 오만 가지 생각에 가슴을 치다 잠이 들었다. 나는 폭풍우 치는 어둠 속에서 혼자 울었다.

배가 흔들린 탓인지 마음이 아파서인지 잠을 설쳤다. 꾀죄죄한 꼴로 이튿날 새벽 당직을 시작했다. 선교에는 침묵이 흘렀다. 일등항해사도 비몽사몽이다. 나는 마네킹처럼 서서 빈 바다를 바라

봤다. 어둠 속에서 곰곰이 생각하니 내가 세상을 너무 쉽게 보았다는 생각이 들었다.

항해를 결심할 때는 소설 『멋진 신세계』의 '존'을 들먹이며 감히 불행해질 권리를 요구하지 않았는가. 그게 자유라고 하면서 말이다. 고생이 뭔지, 고통이 뭔지도 모르는 내가 매독과 배고플 권리를 말했다. 더러워질 권리, 장티푸스에 걸릴 권리, 파도를 맞을 자유, 흔들리는 배에서 헛구역질할 자유, 적도의 태양 아래에 노동할 자유, 달빛 아래서 고국을 그리워할 자유, 또 뭐가 어쩌고저쩌고 하며 호기를 부리지 않았는가.

정작 나는 배에서 오물을 치울 때는 온갖 인상을 찌푸리고, 배가 조금만 동요해도 빌빌거리고, 뭍에서 온 전화 한 통에 길길이 날뛰지 않는가. 손톱에 박힌 작은 가시에 엄살 부리는 아이처럼 말이다. 나는 정녕 세상을 책으로만 배웠다. 그러니 지독하게 고단한 자유의 대가에 휘청거렸다.

—그래, 이것도 내가 감당해야 할 아픔이야. 스스로 선택한 거잖아.

곰곰이 생각하니 내 마음속 원망의 대상은 다른 누구도 아닌 나였다. 내가 여기 있는 건 오직 내 의지에서다. 나는 내 인생을 완벽하게 책임지고 있으며, 아무도 나를 위해 움직이지 않는다. 나는 스스로 아주 먼 곳까지 왔다. 내가 뭘 하든 아무도 말리지 않고, 떠밀지도 않는다.

성질 같아서는 당장 귀국하고 싶지만 그건 다름 아닌 '실습 포기'다. 포기도 습관이다. 이대로 귀국하면 나는 모든 걸 잃는다. 꿈을 품고 시작한 연수원 생활과 창피를 무릅쓰고 어렵게 구한 승선 기회마저 물거품이 된다. 나는 다시 자동차 정비학원을, 건설 현장을 기웃거리다 젊음을 소진하고 늙어갈 것이다. 나를 구할 수 있는 건 나뿐이다. 나는 꿋꿋이 앞으로 가야 한다. 뭐가 되든 일단 길 위에 올랐으면 끝까지 가야 한다.

이까짓 찰랑거리는 파도에 배를 틀 수는 없다. 큰 배를 흔드는 건 파도가 아니라 너울이다. 권투에서 슬쩍슬쩍 건드리는 '잽'을 파도라고 한다면 너울은 체중을 실어 때리는 '카운터펀치'쯤 되겠다. 파도는 바람이 수면을 밀어내 일어난다. 그러니 파도는 가볍게 찰싹찰싹 때리고 그만이다. 바람이 거세면 파도는 높아지지만 그 힘은 보이는 만큼이 전부다. 아무리 거센 파도도 배를 흔들지는 못한다.

너울은 바람과 상관없이 둥글고 기다란 물결의 요동이다. 겉으로 보면 규칙적으로 완만하게 들썩거려서 쉽게 보이지만 그 힘은 깊다. 그런 거대한 움직임이 배를 들어올린다. 너울은 기압골이나 지진처럼 거대한 힘의 영향으로 생긴다. 우리가 잘 아는 지진해파 '쓰나미'도 너울의 일종이다.

수많은 홈런왕 속에서 베이브 루스가 등장해 야구 역사를 새로 쓴다든지, 지루한 국지전이 반복되다 인천상륙작전이 성공한다든지, 반짝 뜨고 지는 스타들 속에서 가수 서태지가 등장한다든지, 잽만 날리던 권투선수가 상대의 카운터펀치를 맞고 쓰러지는 것처럼 큰 변화를 부르는 현상이 너울쯤 되겠다.

나는 때때로 황천항해가 지겹고, 고국이 그립고, 깡깡이가 고되고, 크로마뇽인의 푸념에 시달리고, 맛없는 음식에 질리고, 기나긴 항해에 외롭고, 지금은 투명인간이 되어 슬프지만 그건 작은 파도에 불과하다. 그런 나뭇잎 같은 어려움들은 나를 흔들 수 없다. 크게 보면 나는 전 세계를 누비고 있고, 지금 그 설렘의 너울 위에 있다. 울부짖는 바다에서 나는 심지를 다시 세웠다.

목적지가 없으면
어디든 갈 수 있다

암스테르담 공립도서관 꼭대기 테라스다. 항구를 떠나 정처 없이 걷다가 어찌어찌 여기까지 왔다. 높은 데서 보니 암스테르담은 고풍스러운 건물과 숲, 수로가 잘 어우러진 도시다. 잔잔한 수로 위를 백조 같은 유람선이 떠다니고, 골목을 따라 걷는 사람들의 행렬이 거대한 흐름으로 보인다. 저 아래 인파에 섞여 있을 때는 몰랐던 풍경이다. 대학 시절 배낭여행 와서 나흘간 구석구석 구경했으니 나름 이곳을 잘 안다고 생각했지만 이런 느낌은 처음이다. 물론 당시는 인파로 가득한 성수기였다. 한가한 도시는 또 다른 매력이 있다.

도서관이라는데 백화점처럼 세련미가 넘친다. 문을 열고 들어서니 거대한 홀이 방문객을 압도한다. 은은한 조명과 깔끔한 책

상, 둥글둥글 재미있게 생긴 의자, 푹신한 양탄자가 깔려 있어서
들어오자마자 종일 있고 싶다는 생각이 든다. 사람들은 독서 삼
매경이다. 군데군데서 학생들이 토론하고 노인들은 신문을 보거
나 컴퓨터 앞에 앉아 있다. 에스컬레이터를 타고 3층에 올라가면
전 세계의 영화와 음반은 다 모아놓은 것 같은 거대한 디지털 자
료실이 있다. 그리고 맨 위층, 여기는 전망 좋은 식당이다.

　중앙역에서 해마다 관광객 수백만 명이 쏟아져 나오지만 바로
옆에 있는 이 도서관을 아는 사람은 많지 않다. 여행안내서에 나
와 있지 않으니까 말이다. 사실 도서관이 무슨 명소나 된다고 찾
아올 여행자가 어디 있을까. 상륙해서 여기저기 헤매다 지친 우
리는 한동안 이곳에 머물며 늦은 오후를 보냈다. 여기 테라스에

서는 술도 판다. 이상한 점이 참 많은 동네다. 도시 전체가 한눈에 들어오는 이 우아한 공간에서 우리는 해 질 녘부터 술에 젖었다. 도서관에서 파는 술이 뭐 별거라고, 많이 마시면 지식이 해박해지는 것도 아닌데, 무진장 마시고 취할 대로 취했다. 도서관에서 무슨 추태냐 하겠지만 괜찮다. 여기는 자유의 도시 암스테르담이니까.

우리도 아주 우연히 이곳에 왔다. 그 과정은 대략 이렇다. 나는 크로마뇽인, 이등기관사와 함께 정오에 항구를 나섰다. 이곳을 배낭여행 해본 내가 앞장섰다. 첫 목적지는 암스테르담에 오면 한 번쯤 꼭 먹어봐야 한다는 유명한 아이스크림 가게였다.

—저 모퉁이만 돌면 그 가게가 나온다는 거지? 얼른 사진 찍어서 친구들에게 자랑해야지.

크로마뇽인은 가문의 영광이라도 되는 것처럼 잔뜩 들떴다.

—천천히 가. 어차피 사람이 너무 많아서 한참 기다려야 해.

—그러니까 얼른 뛰어가서 조금이라도 먼저 줄을 서야 할 것 아냐.

실기사는 사뿐사뿐 뛰어가더니 골목 끝으로 사라졌다. 나도 몇 걸음 차이로 모퉁이를 돌아서는데 크로마뇽인이 길 한가운데 멍하니 서 있었다.

—어디 있다는 거야? 한 시간을 기다려야 한다는 아이스크림 가게가?

　—그게… 여기가 아니었나?

　우리는 제대로 찾아왔다. 다만 거리는 휑했다. 저만치 내가 말한 가게에는 우리 같은 관광객 대여섯 명이 줄 선 게 고작이었다. 스마트폰으로 검색해보니 틀림없다. 나는 변명처럼 일행에게 여행가의 블로그 사진을 보여줬다. 한 이백 명쯤 줄을 서 있고, 승리의 트로피라도 되는 것처럼 아이스크림을 거머쥔 블로거가 거만하게 웃는 사진이다. 무려 1분을 기다려서 구입한 아이스크림을 먹으며 광우가 말했다.

　—이 가게… 망했나봐. 불만제로에 나오기라도 한 거야? 어쩜 이렇게 두 달 만에 사람이 줄었지? 블로그 사진은 틀림없이 올여름에 찍은 것 같은데.

　가게뿐 아니다. 돌아보니 도시 전체가 한가했다. 광우의 말대로라면 도시가 망했다고 해야겠다. 내가 여행 왔을 때는 여름 성수기여서 세계 각국에서 온 관광객들로 북적였다. 비수기인 지금 이곳은 주민들이 사는 일상의 공간이다. 축제가 끝난 도시는 내가 사는 서울과 다를 게 없다.

　잔뜩 실망한 우리는 원래 한 시간을 기다려야 먹을 수 있는 유명한 아이스크림을 먹고, 두 시간을 기다려야 들어갈 수 있는 안네의 집을 금방 다녀왔으며, 반고흐미술관을 동네 미술관처럼 누볐다. 이 모든 걸 반나절에 마쳤다. 시간이 남아서 어찌할 바를 몰랐다. 우리는 관광지도를 접고 사부작사부작 걸어 다녔다. 한동안 계획 없이 방황하니 그제야 여행책에 없는 것이 눈에 들어왔다. 오래된 빵집의 갓 구운 빵 냄새, 모퉁이 꽃 가게의 꽃향기, 아이들의 웃음소리, 거리 음악가의 노랫소리, 아무데서나 드러눕는 집시와 이상한 옷을 입은 게이들, 보기 싫게 몸을 배배 꼬는 홍등가의 여인들까지.

우리는 당당한 거지에게 적선하고 화려한 카지노를 기웃거렸다. 그러고 보니 암스테르담도 아마존 트롬베타스나 모잠비크 마푸토와 별반 다르지 않다. 그렇게 정처 없이 도시를 배회하다가 우연히 암스테르담 공립도서관까지 흘러 흘러왔다.

도서관 꼭대기에 앉은 나는 여행에 계획이 꼭 필요한지 묻지 않을 수 없다. 대학 시절 나는 큰 기대를 품고 여기까지 찾아왔다. 출발하기 전에 읽은 여행안내서는 중앙광장과 반고흐미술관, 안네의 집에 꼭 들르라고 신신당부했다. 나는 시간을 알뜰하게 활용하기 위해 분, 초를 따져 계획을 짰다. 완벽한 계획은 행복한 여행을 예고하는 것만 같았다. 나는 암스테르담의 집배원이라도 된 것처럼 쪽지에 가야 할 곳을 빽빽하게 적고 빠짐없이 찾아다녔다.

계획은 때때로 과제가 된다. 나는 어느덧 쪽지의 노예가 되었다. 집배원처럼 한 군데라도 빠뜨리지 않으려고 안달복달했다. 그러다 보니 남들과 비슷한 사진을 찍고 서둘러 다음 목적지로 떠나기 일쑤였다. 몸은 금방 지쳤고, 학교 숙제 같은 여행에 잔뜩 실망했다. 나는 여행 서적을 읽고 떠나서, 그에 훨씬 못 미치는 여행을 한 후, 실제 여행이 아닌 여행책자의 내용을 추억이라고 간직했다. 여행작가의 체험이 내 것인 양 비루한 기억을 속였다. 다른 친구들의 여행담도 마찬가지였다. 다들 굉장한 여행이었다고 말했지만 사진을 보니 에펠탑이나 런던 브리지, 로마 원형경기장 앞에서 엇비슷하게 서 있는 게 전부였다.

생각해보면 목적이 있는 여행은 조금 피곤하다. 그걸 이루기 위해 전전긍긍하다가 몸은 지치고 날은 금세 저문다. 계획은 우리의 시야를 그 틀에 가둔다. 싱싱한 꽃의 향기, 신나는 음악소리, 분위기 좋은 식당도 눈에 들어오지 않는다. 안네의 집으로 가는 동안 만나는 것들은 모두 어서 지나쳐야 할 쓸데없는 것들이 되어버린다. 과정은 없고 결과만 생각하는 우리네 모습을 닮았다.

무계획이 되레 좋은 결과를 낳는 건 신문사에서 일할 때도 자주 경험했다. 이런 일이 있었다. 정부가 지방공무원 정원의 2%인 5640명을 전국의 각 지자체에서 행정인턴으로 채용하는 권고안을 만들었다. 인턴 제도는 미봉책이지만 일단 호응이 좋고 구직자의 숨통을 틔워준다는 면에서 긍정적이었다. 널리 알리는 쪽으로 기사를 쓰려다가 내용을 보태려고 관련 전문가를 취재하는데, 엉뚱하게 고졸실업자를 차별하는 정책이라는 이야기가 나왔다.

당시 통계청 자료를 보니 15~29세 청년실업자 30만 3천여 명 가운데 전문대와 대학교를 졸업한 사람은 46.5%인 14만 1천여 명에 불과했다. 대졸자보다 고졸자의 실업이 심각한데 정부는 대졸자에게만 특혜를 준 것이다. 그 결과 고등학교를 졸업하면 9급 공무원은 할 수 있는데, 인턴은 못하는 이상한 일이 생겼다. 만일 처음부터 답을 정해놓았더라면 남과 달리 이를 꼬집는 기사를 쓸 수 없었을 것이다.

여행이든, 취재든, 아니면 살아가는 무어든 길을 뚜렷하게 정해놓고 나면 계획표의 노예가 된다. 우리는 평소에도 목표를 이루느라 아등바등하는데 여행지에서까지 그럴 필요는 없다. 별 계획 없이 나가서 신기하면 만져보고, 입맛 돌면 먹어보고, 비 오면 우산 펴고, 볕이 들면 활짝 웃다가, 어쩌다 얻어 걸린 마음에 드는 카페에 앉아 나만의 추억을 남긴다면 횡재다. 냄새가 나면 냄새를 맡고, 끌리면 그리로 가고, 예쁜 물건을 사고, 꽃밭에 눕고, 아이의 손을 잡아본다. 게다가 선원은 시간을 들여 비행기를 타고 온 게 아니니 여유가 넘친다. 우리는 굳이 특별한 추억을 남기려 발버둥치지 않는다. 도시의 평화로운 일상에 몸을 맡긴다. 상류의 장점이 여기 있다. 배를 따라온 선원은 밑져야 본전이니 조급하지 않다.

어쩌다 찾아간 암스테르담 도서관의 꼭대기 테라스. 나는 그곳에 앉아 도시를 바라보며 마시던 맥주 맛, 동료들과 노닥거리던 장면을 잊을 수 없다. 아주 사소한 하루였지만 책이나 남들을 따라서가 아니라 내 스스로 선택한 나만의 시간이기 때문이다. 우연히 찾아간 암스테르담 도서관은 남들이 모르는 나만의 공간, 우리들만의 추억으로 남았다.

계획이 꼼꼼할수록 여행자는 노예가 된다. 오히려 목적지가 없으면 우리는 자유로이 어디든 갈 수 있다. 나만의 여행, 나만의 추억, 그리고 나만의 삶은 그런 때에 찾아온다. 종종 여행은, 그리고 삶은 그런 우연과 불확실성 속에서 빛난다.

진짜 감동은
계획 밖에 있다

　다음은 라트비아 벤츠필스Ventspils에서 석탄을 싣고 영국 남서
부 도시 브리스톨Bristol에 부리는 스무날짜리 여정이다. 발트해 입
구는 좁고 오가는 배는 많다. 게다가 곧 크리스마스다. 우리는 겨
울의 한가운데로 들어간다. 하루가 다르게 계절이 변할 것이다.
나는 유독 추위를 많이 탄다. 추위에 배도 걱정이다.

　덴마크 북단을 돌아 발트해 입구에 들어서자 뱃길은 좁아지고
물살은 거세졌다. 가장 좁은 외레순드 해협은 폭이 고작 5km, 한
강 하구와 비슷하다. 왼쪽으로 스웨덴 도시가, 오른쪽으로 덴마
크 가정집이 눈에 들어왔다. 긴장되는 항해였다. 스웨덴 관제사
가 항해 내내 무전으로 사사건건 간섭했다. 하늘에서 내려다보는
것처럼 속도를 올려라 내려라, 옆으로 비켜라 꺾어라 요구했다.

우리는 말을 잘 들었다. 우리나라 진도 관제실에서도 이렇게 했으면 세월호 사고의 아픔이 덜했으리라 생각했다.

오목한 해협을 빠져나와 너른 발트해에 들어서자 이상한 일이 벌어졌다. 병풍을 세워놓은 것처럼 두툼한 수평선 위로 육지와 배가 거꾸로 떠다녔다. 멀리 배 한 척이 하늘에 떠 있고, 어떤 배는 높이가 보통의 두 배가 넘는다. 선교가 허공에 있다. 반대쪽 육지는 칼로 자른 듯 반듯하다. 어떤 물체는 뒤집혀 있고 허리가 끊어진 것도 있다. 그런데 레이더에는 아무것도 잡히지 않는다. 잠시 후 공중에 떠 있던 배의 형상이 점점 희미해지더니 수평선 아래서 아까와 같은 배가 나타났다. 신기루다. 신기루는 대기밀도가 다른 공기층 사이에서 빛이 굴절되면서 생긴다. 흔히 사막에서나 나타나는 이 현상은 여기 발트해에서도 자주 나타난다. 과연 바다는 놀라운 장면으로 넘친다.

기상도를 보니 러시아 지역에 강한 고기압이 보였다. 예상대로 얼마 지나지 않아 고기압에 떠밀려 시베리아의 한파가 닥쳤다. 기온이 순식간에 영하로 떨어졌다. 지구의 꼭대기 근처라 정오에도 태양은 어깨 아래. 하늘은 시리게 퍼렇다. 폴란드 연안에 접어들자 바다가 입김을 토했다. 상대적으로 따뜻한 물 위에 찬바람이 덮치면서 해무가 잔뜩 꼈다. 불이라도 난 것처럼 짙은 안개였다. 종일 안개 속을 항해하니 공동묘지를 가로지르는 것처럼 섬뜩했다. 이승에 한이 있어 못 떠나는 귀신의 입김은 아닐까? 이

곳에서 숨진 사람이 적지 않으니 그럴 만하다.

보통 침몰 사고라면 1503명이 숨진 타이타닉호를 떠올린다. 널리 알려진데다 유명인사가 많이 희생된 탓도 있다. 그러나 세계 5대 해난은 모두 이곳, 발트해에서 일어났다. 딱 이맘때다.

1945년 1월 30일. 승객을 1만 583명이나 태운 독일 빌헬름 구스틀로프호가 이 부근에서 침몰했다. 살아남은 사람은 고작 1239명. 나머지 9343명이 차가운 바다에 수장되었다. 타이타닉 희생자보다 6배나 많은 숫자다. 사고 열흘 뒤 여객선 슈토이벤호가 5200여 명을 태우고 항해하다 또 다시 바다로 가라앉았다. 이 사고로 4500여 명이 숨졌다. 같은 해 고야호, 캡알코나호, 티엘벡호가 해난사고를 당했다. 그해 이 바다에 여객선 5척이 가라앉아 2만 7000여 명이 숨졌다.

사망자는 대부분 2차 세계대전 중에 동프로이센에서 피난하는

민간인이었다. 전세가 연합군으로 기울면서 독일은 피난 행렬을 재촉했다. 소련군이 밀려들고 도로와 철도가 끊겼다. 독일은 대형 여객선을 동원해 수송 작전을 폈다. 배는 정원을 5배도 넘겨 선실과 복도, 갑판과 화물창에까지 피난민을 가득 태우고 항구를 떠났다. 차가운 바다를 가르던 배는 소련 잠수함이 쏜 어뢰를 맞고 줄줄이 가라앉았다. 재앙이다. 암스테르담에서 안네 프랑크 생가와 2차 세계대전 위령탑을 봤다. 유럽을 여행하면서 사람이 사람을 죽이는 뼈아픈 과거가 멀지 않다는 것을 느낀다. 전쟁은 수심이 100미터도 안 되는 얕은 바다를 마수로 만들었다. 과연 인류 최악의 사고는 전쟁이다.

벤츠펠스에 접안하는 날, 시베리아의 한파가 다시 몰아쳤다. 바깥에 매달아놓은 온도계가 영하 23도를 가리켰는데, 진짜 23도는 아니고 거기서 더 내려가려다 얼어붙은 것 같았다. 한마디로 엄청나게 추웠다. 솜을 가득 넣은 방한 작업복을 입고 나가도 달랑 내복 한 겹 입은 기분이랄까? 밖에 5분도 서 있기 힘들었다.

매서운 추위에 배터리가 얼어붙어 휴대 무전기도 꺼졌다. 무전기뿐 아니라 별게 다 얼었다. 나일론 로프가 얼었다. 고무가 얼어 단단해지고 하수구가 꽉 막혔다. 머리카락과 코털에 성에가 앉았고, 가끔 눈을 감았다 떼면 위, 아래 눈썹이 달라붙었다. 화물인 석탄도 습기를 먹는 바람에 돌처럼 얼었다. 바다 습기에 젖은 깃발도 얼었다. 죄다 얼었다. 접안하고 얼마 후 얼음나라 여왕의 마법에 걸린 것처럼 배 아래부터 시작해서 꼭대기까지 하얗게 성에가 앉았다.

다들 추워서 상륙을 꺼렸지만 나는 꿋꿋했다. 선원 셋을 꼬드겨 밖으로 나왔다. 그래도 하나보다 둘이, 둘보다 셋이 낫지 않은가. 광우는 투덜거리면서도 한편으로는 술 생각으로 흥에 겨웠다. 첫날 상륙하고 오늘이 이틀째다. 배 근처에서 운전기사 알렉세이가 우리를 기다렸다. 머리가 허옇게 센 70대 노인이다. 이곳의 숨은 약속인지 운전사끼리 배를 나눠 맡았다. 그는 종일 부두 저만치에 낡은 승용차를 세워놓고 졸았다.

나는 그를 '늙은 여우'라고 부른다. 언뜻 봐도 쉽게 믿었다가는 큰 코 다칠 것 같은 사람이다. 어제는 우리를 좋은 곳으로 안내하겠다며 근처 대형 상점으로 데려갔다. 그런데 우리를 정문에 두고 후다닥 사라지는 게 아닌가. 나는 어디서 환전하는지도 몰라 한참 헤맸다. 가게를 둘러보는데, 할인 코너 앞 길게 늘어선 줄에 알렉세이가 서 있었다. 바구니에는 저녁거리가 잔뜩. 손에 노란 메모지를 들고 나선 걸 보니 작정하고 우리를 데려온 것 같았다. 할인 시간을 놓치지 않으려고 서두른 모양이다. 웃음이 났다. 나와 눈을 마주친 노인은 어색하게 웃었다. 메모지와 우리 사이에 있는 노인을 보자니 안쓰럽기도 했다.

　이어서 알렉세이는 아주 허름한 주점을 소개했다. 정말 형편없는 주점이었다. 농구장처럼 지붕이 높고 넓은 가게는 우리가 찾아가자 문을 열었다. 탁자는 달랑 여덟 짝. 길손은 우리뿐이다. 천장에 매달린 백색 수은등은 초라한 술집을 무자비하게 비췄다. 유치한 색깔의 탁자와 낡은 인조가죽 소파가 다 드러났다. 갈라진 바닥 틈에는 때가 잔뜩 끼었다. 하얗게 입김 나오는 홀에서 마신 맥주가 한 병에 7달러나 했다.

—도대체 소개료로 얼마를 받기에 우리를 이런 곳에 데려온 거야?

나는 노인에게 잔뜩 실망했다. 오늘은 이 여우에게 당하지 않겠다고 다짐했다. 밤사이 배에 올라온 인부에게 물어 주변 명소를 알아놓았다. 어딘지 모른다고 발뺌하지 못하게 라트비아어로 이름과 위치를 자세히 적었다. 유명한 음식점과 유적. 이 정도면 오늘 상륙은 완벽하다. 알렉세이는 성취감 넘치는 눈빛으로 우리를 맞았다. 노인은 내 쪽지를 슬쩍 보더니 시큰둥하게 알았다고 끄덕였다. "오늘은 이 녀석이 단단히 준비했구먼" 하는 표정이다.

낡은 자동차는 칼바람을 뚫고 나아갔다. 극한의 날씨에 시달린 도로는 울퉁불퉁했다. 곧장 중심도로에 올라 10분쯤 달리니 텅 빈 도시가 나왔다. 날이 추워서 사람들은 집에 콕 박혀 있는 모양이다. 빈 거리에는 마르고 차가운 바람만 가득했다. 한참을 달려 노인이 차를 세운 곳은 황량한 주차장. 밖에서는 '우우웅' 하고 매서운 바람 소리가 났다.

—벤츠필스는 해변이 유명해. 가봐. 이 모래 둔덕을 넘으면 돼.

—뭐야, 이렇게 추운데 밖에 나가라고?

콧방귀가 절로 나왔다. 해도 너무했다. 흥분해서 우리말로 노발대발했다.

—잘 보라고! 유. 적. 지. 유적지에 가자고!

나는 종이를 들이밀며 언성을 높였다. 노인은 모든 걸 알고 있

다는 듯이 가만히 웃었다. 일단 다녀오라고 내 어깨를 떠밀었다.

　—도대체 언제까지 저 늙은 여우에게 끌려 다녀야 하는 거야.

　크로마뇽인은 발이 푹푹 빠지는 모래 둔덕을 오르며 투덜거렸다. 꼭대기에 오르자 칼바람이 얼굴을 때렸다.

　—그냥 바다구만! 어쩌라는 말이야!

　화가 머리끝까지 치밀었다. 그런데 어쩐지 이상하다. 이렇게 바람이 부는데도 주변은 고요하다. 사진을 보는 것처럼 잠잠하다. 바다가 새하얗다. 새 떼가 물위를 걸어 다닌다. 뭔가 다르다. 알 수 없는 느낌이다. 크로마뇽인이 멀리 뛰어가더니 탄성을 터뜨렸다.

　—바다가 얼었어.

―물결이 그대로 남아 있는데?

―한파가 닥쳐서 갑자기 얼어붙은 것 같아.

―맛이 엄청 짜!

바다가 단단히 얼었다. 바다의 푸른빛을 담은 파도는 얼음나라 여왕의 마법에 '뿅' 하고 얼었는지 물결을 그대로 간직했다. 수평선까지 모두 얼었다. 난생처음 보는 모습에 눈이 동그래졌다. 우리는 신이 나서 그 울퉁불퉁한 얼음 위를 뒤뚱뒤뚱 오르내렸다. 그러다 그만 삐끗 미끄러졌는데, 하필 얼음 이랑에 머리를 부딪쳤다. 얼마나 세게 떨어졌는지 이등병 때 6초소 수류탄 구멍에 초코파이를 숨겨놓고 깜빡 잊은 게 생각났다. 크로마뇽인은 얼음 맛을 보다가 혀가 발트해에 붙어버리는 희귀한 경험을 했다(이건 정말 행운이다. 덕분에 녀석의 수다가 한동안 잠잠해졌다).

매일 보는 바다에 이렇게 감동할 줄은 꿈에도 몰랐다. 자연은 이토록 위대하고 다채롭다. 그 앞에서 나는 감격하지 않을 수 없었다. 알렉세이는 여기서만 볼 수 있는 명장면을 나에게 선물했다. 그건 배려였다. 내 바람을 헤아려 차마 생각지도 못한 선물을 준비한 것이다. 한참 만에 알렉세이의 차로 돌아갔다. 그는 손목시계를 내려 보며 '얼마나 감탄했기에 이제 오느냐' 하는 표정이다.

―그 따위 계획표는 던져버려. 네가 상상도 못한 겨울왕국을 보여줄 테니.

이어서 노인은 이 나라 영웅 야니스의 동상, 중세 광장, 주말시장, 도서관을 안내했다. 촌음을 다퉈 바쁘게 돌아다녔다. 바쁜 하루였다. 그동안 나는 반나절이면 돌아와야 하는 짧은 여행에서 어떻게든 의미를 만들려 버둥거렸다. 그래서 박물관이니 유적지니 하는 것에 욕심을 냈다. 오늘도 노인을 그렇게 닦달하지 않았는가. 그런 식으로 에펠탑과 런던브리지 앞에서 사진을 찍은들 무슨 의미가 있을까?

얼어붙은 바다만큼 놀라운 건 없었다. 몇 마디 짧은 영어로 세운 내 계획표는 아무 감동도 부르지 못했다. 진짜 세상은 내 계획 밖에 있다. 암스테르담을 떠나 추운 곳에 온다고 했을 때는 마뜩찮았다. 알렉세이가 유적지가 아닌 곳에 간다고 했을 때도 나는 내 계획표를 고집했다. 만날 다니는 따뜻한 지역을 벗어나고, 사람들이 추천하는 명승지를 비켜가서야 비로소 놀라운 세상을 만날 수 있다. 아마 이때부터일 것이다. 가벼운 마음으로 조금은 바보같이 상륙에 나서기 시작한 건.

산토스에서는
마음의 문을 활짝 열어도 좋아

　저만치 앞에 쓰레기 수거 트럭이 있다. 거북이처럼 가다 서기를 반복하며 여기저기서 쓰레기를 싣는다. 두 개 차선 중 하나를 차지하는 바람에 트럭 뒤로 자동차들이 꼬리를 물었지만 경적을 빵빵 울리는 차는 없다. 트럭에 매달린 수거반원도 주변의 눈치를 보기는커녕 신이 났다. 표정이 밝고 활기차다. 샛노란 작업복을 입은 수거반원은 이 동네 마당발 같다. 집집마다 인사하며 잡담한다.

　생각해보니 쓰레기 수거차를 본 게 언제였는지 모르겠다. 우리나라에서는 도로가 복잡해진다, 냄새난다 하며 미화원들이 어둑한 시간에 박쥐처럼 일하게 만들지 않았는가. 어두운 새벽에 일하다 교통사고를 당해 아무도 모르게 일상에서 사라지는 분들이

한둘이 아니다. 브라질. 전 세계 이민자들이 모여 사는데도 인종
차별이 거의 없다고 하니, 지구 반대편 산토스는 풍경이 조금 특
이하다. 노란 옷을 입은 수거반원의 미소가 오래 기억에 남는다.

써니영은 도버해협에서 열이틀을 달려 브라질 중부 연안 산토
스항에 기항했다. 서울의 관문 인천처럼 이 나라 최대 도시 상파
울루와 바다를 잇는 항구다. 그러니 드나드는 배가 많고 부두에
는 화물이 가득하다. 남위 24도 아열대지방. 추위도 더위도 없는
이 도시는 우기가 한창이다. 손을 내밀면 바람의 무게가 잡히고,
들숨과 날숨 사이에 묵직한 것이 오간다. 검게 썩은 목조 건물,
눈물 자국처럼 말라버린 구정물, 어두운 골목의 축축한 바닥이
우리를 맞았다. 내내 태양을 못 봤다. 잿빛 하늘은 조용하고 음산

한 비를 뿌렸다. 낮게 깔린 구름이 만들어내는 이런저런 모양이
신비했다.

　날씨의 우울을 해소하려는 것일까? 산토스의 주택가는 요란한
원색으로 아우성이다. 파란 벽에 빨간 문, 그 옆집은 노란 벽에 초
록색 창틀이다. 옆집과 경쟁이라도 하는 건지 같은 색이 없다. 어
떤 집은 온통 밝은 연두색을 칠해놔서 멀리서 보면 벽에서 빛이
나는 것만 같다. 여기서 배달 피자를 주문할 때는 우리 농촌에서
감나무집, 은행나무집 하듯이 어디 근처 연두색 집이라고 하면 충
분하겠다. 형형색색 주택가를 노란 셔츠에 파란 모자를 쓴 집배원
이 휘젓고 다닌다. 청소부의 옷도 노랗고 파랗다. 사람들의 피부색
이 다양한 것처럼, 거리는 여러 색이 풍부하게 섞여 있다.

　산토스는 기대 이상으로 멋진 곳이다. 항구마다 매력이 있지
만 이곳에는 맛있는 음식과 값싼 술, 자유롭고 열정적인 여인들
이 있다. 항구가 워낙 발달했다. 섬 같은 도시 삼면이 죄다 부두
다. 선원을 상대하는 택시와 술집, 음식점이 많다. 천국이다. 게다
가 남국의 서늘한 날씨와 활기찬 거리가 우리를 맞는다. 나와 실
기사, 조리장, 일등기관사 등 다섯이 함께 상륙했다. 잔뜩 기대에
차서 말이다.

　우리는 펠레와 네이마르가 있었던 산토스 축구팀 경기장과 커
피 박물관, 산기슭 전망대 등 여기저기를 구경하다 브라질 대표
음식 츄라스코(Churrasco) 식당에 갔다. 소와 양, 돼지와 닭 등 각종 고

기를 꼬치에 훈제한 것이 끝없이 나왔다. 겉은 바삭하고 안은 촉촉하다. 방금 덩어리에서 잘려 나온 살점은 숯의 온기를 그대로 담고 있다. 직원은 "네가 얼마나 먹을 수 있는지 보자"는 듯이 고기를 계속 잘라줬다. 한 점을 입에 넣자 육즙이 스펀지에 담긴 것처럼 뿜어 나왔다. 역시 생육과 번성의 땅이다.

배를 채운 우리는 해변으로 향했다. 파도 소리와 환호성, 공 차는 소리와 숨찬 소리가 섞였다. 해변에서 이백여 명이 무리지어 맨발로 공을 찼다. 공이며 옷이며 갖춘 것은 초라하지만 선수들 눈빛은 시리게 총명했다. 정말이지 산토스는 저녁의 삶이 있는 여유로운 도시다. 우리 일행이 해변에서 사진을 찍자 부루노라는 녀석이 우리 쪽으로 공을 흘렸다. 공을 주우러 오면서 계속 시선을 보내는 게 아닌가. 내가 사진을 찍자며 손을 흔들자 기다렸다는 듯이 멀찍이서 지켜보던 친구들까지 우르르 몰려왔다. 그렇게 어울리다 같이 공을 차기 시작했다. 참 티 없는 사람들이다. 브라질에 가면 나도 모르게 마음의 문을 연다. 아니, 열지 않을 수가 없다.

밤이 깊어가자 우리는 통나무가 된 다리를 이끌고 산토스의 유명한 술집으로 향했다. 이름 하여 ABC바. 춤추는 무대 주변에 작은 탁자가 수도 없이 놓여 있어서 이백 명쯤 들어가 마실 수 있는 큰 술집이다. 각국의 선원이 여기 다 모인다.

여러 나라 선원 중 가장 인기 있는 건 단언컨대 한국인 선원이다. 여러 까닭이 있지만 우리 특유의 호방한 성격 때문인 것 같다. 한국인이 있는 탁자마다 술이 가득하고, 그보다 많은 접대부가 앉아 있다. 그런데 접대부와 술집의 관계는 그다지 원만한 것 같지 않다. 접대부들은 손님을 꼭 자기 집으로 데려간다. 여기서 문화 충격이 시작된다. 신발을 신고 집에 들어가면 단열재 없는 벽에 또각또각 발소리가 울린다. 어두운 술집과 달리 밝은 등을 켜면 정신이 조금 든다. 잠시 후 정신이 번쩍 들 테니 여기서는 남은 술기운을 즐기는 게 좋다.

접대부가 술상을 보는 사이 낡은 소파에 앉아 있으면 가족들이 인사한다. 먼저 아이들이 나온다. 보통 둘은 있는 것 같다. 초면에 낯을 가릴 법한데 붙임성 있다. 선물이라도 사주고 싶을 만큼 귀엽다. 아이들은 나이가 제법 있다. 손가락을 접어 세어보면 엄마가, 그러니까 우리 접대부 씨가 열여섯쯤에 출산했다는 걸 알게 된다.

놀라면 안 된다. 이쯤 해서 어머니, 그러니까 아이들의 할머니가 나와서 술상 차리는 일을 거드시니까. 남미 할머니와의 만남이라니, 무척 어색하다. 반갑게 안아주시기라도 하는 날에는 정말 날아갈 듯 어색하다. 뭐라뭐라 말씀하시는데, 브라질 말을 몰라서 다행이라는 생각이 든다. 드물게 아이들의 할아버지가 계시는 경우도 있는데, 이런 때에는 큰절이라도 올려야 할 것 같지만 괜찮다. 안아주지는 않을 테니. 더 괜찮은 건, 마지막으로 남편이 나올 걱정은 안 해도 된다는 것이다. 대부분이 미혼모다. 앞서 말했지만 브라질은 남녀 성비가 불균형하고, 결혼 문화도 우리와 다르다. 가톨릭의 영향으로 낙태가 드물어 이른 출산도 많다.

조촐한 술상이 차려지고 잔이라도 들라치면 옆방에서 이런저런 소리가 들린다. 아이들이 싸우는 소리, 할머니에게 떼쓰는 소리, 뭐가 떨어지는 소리 등등. 그러다 몇몇이 왔다 갔다 하면 접대부 씨는 주부로 돌변한다. 알아들을 수 없는 말이 한데 엉켜 실내를 가득 채우면 내 존재감은 어느새 벽에 걸린 사진 속 인물과 우열을 다툰다. 이쯤이면 엉큼한 생각이 싹 달아난다. 세제를 사들고 직장 동료 집들이라도 다녀온 느낌이랄까. 나를 배웅할 때

낯선 남자와 집을 나서는 여자의 표정이 자연스럽다. 할머니의 환송은 격렬하다. 이곳 사람들은 접대부 일을 창피하게 생각하는 기색이 조금도 없다.

국가와 문화를 불문하고 접대부와 환경미화원을 동경할 만한 직업이라고 생각하는 사람은 없을 것이다. 그러나 우리는 유독 이 사람들을 음지로 몰고 있다. 우리나라에서는 쓰레기를 주로 어둑한 새벽 아무도 안 보는 틈에 후다닥 치운다. 그런 탓에 우리는 미화원이 일하는 모습을 보기 힘들다. 청소부는 꼭 필요한 직업이다. 그런데도 우리는 소중한 사람들을 일상에서 배제한다. 접대부를 향한 편견도 마찬가지다. 도시의 밤을 밝히는 네온사인. 거기서 일하는 수많은 접대부를 만든 건 다름 아닌 그곳을 드나드는 손님이다. 남성들은 본인의 필요로 많은 여성을 접대부로 만들어놓고 손가락질한다. 우리는 너무 이중적이다.

학교는 직업에 귀천이 없다고 가르치지만 선생님조차 육체노동을 천시한다. 교과서와 현실이 다를수록 우리 삶은 거짓으로 물든다. 그렇게 직업의 귀천은 점점 뚜렷해진다. 눈치 빠른 아이들은 안다. 꿈이니 이상이니 하는 것은 교과서에만 있다는 걸. 아이들은 부모들이 좋다는 직업만 바라본다. 부자가 되고 좋은 자리에 오르는 것, 좋은 집과 좋은 차를 갖는 것. 우리는 높은 곳만 바라보는 단순한 존재가 되고 만다.

이제 우리가 선택할 수 있는 건 몇 안 된다. 명문대, 대기업, 이

런저런 고시, 보장된 안정만 추구한다. 스스로 안정을 만들지 않고 누가 제공한 안정에 매달린다. 그 좁은 문에 줄 서느라 아무도 길 밖으로 뛰쳐나가지 않는다.

선택하지 않고 선택받기 위해 나를 제련한다. 진짜 나는 진작부터 없다. 각자의 삶에, 나름의 방법으로 도전하는 자는 없고, 획일한 기준을 통과하는 승자가 되기 위해 나를 갈고 닦는다. 그 길목에서 수많은 청춘이 아등바등한다. 결국 남는 건 소수의 승자와 다수의 패자다. 그리고 패자는 대낮의 거리에서 사라진다. 선배 '루저'들을 보며 우리는 두려움을 배운다. 다시 경주에 매진한다. 청소부가 사라지고 뛰노는 아이들이 없는 우리 거리는 조금 슬프다. 그리고 무척 인위적이다.

이방인의 얕은 시선으로 이곳 사람들을 깊게 보지 못한 것일까. 아니면 언어를 모르니 이들의 진심을 듣지 못한 것일까. 뉴스를 보면 브라질도 빈부 격차나 도농 갈등, 치안 문제 등으로 골머리를 앓는다. 그럼에도 저녁의 삶이 있는 산토스의 해변, 그 위를 신나게 뛰는 아이들의 숨소리, 밝게 웃는 여자들, 환한 표정으로 일하는 미화원들, 그리고 자유에 취해 덩실덩실 춤추는 각국의 선원들. 배는 금방 출항했지만 아무것도 가장하지 않은 도시, 청소부와 접대부, 선원이 허물없이 섞이는 산토스의 자유로운 거리를 나는 오래도록 기억했다.

한 번이라도 독하지 않기엔
청춘이 너무 짧다

　봄, 봄, 봄이다. 젊은 우리처럼 찬란한 봄이다. 포근한 봄바람에 기분이 방방 뜨지 않는 사람이 어디 있겠느냐만, 세상 어딘가에는 유난히 혹독한 겨울을 보내는 사람들이 있기 마련이고, 그렇기에 그들의 봄은 조금 별나도 유난스럽지 않다. 바다마저 얼어붙을 정도로 추운 북유럽의 겨울을 보낸 라트비아의 봄은 그래서 더욱 환하게 빛난다.

　라트비아에 다시 간 건 5월이었다. 이번에는 한겨울 벤츠필스의 매서운 겨울왕국이 아니라 봄의 한가운데고, 내륙 깊숙이 자파드나야드비나 강에 접한 이 나라 수도 리가다. 발트해 한자 동맹의 주요 도시라거나, 이 근방 최대 항구라는 설명이 있지만 나는 그저 따스한 햇살을 바랐다.

리가는 무척 아름다운 도시다. 보통 유럽이라면 파리나 프라하 같은 곳을 꼽지만 전부 모르는 소리다. 우리나라에 잘 알려지지 않은 이 도시야말로 아름다움의 극치다. 세계대전의 포화를 피한 덕분에 리가의 거리에는 옛 중세시대 건축물이 그대로 남아 있다. 딱 봐도 지은 지 오백 년은 가볍게 넘길 법한 건물이 태연하게 늘어섰다. 그런 건물에 아기자기하게 그림을 그리고 색을 입혀 도시는 늘 봄인 것만 같다. 북유럽 동화를 그린 작가들은 아마 이 마을 풍경을 베끼거나 참고했을 것이다.

실습기관사 광우와 상륙한 나는 리가의 아름다움에 들떠서 거리를 걸었다. 어느 건물을 봐도 거기 살고 싶은 생각이 들었다. 그림 같은 집에 사는 사람들은 그 옆에 있는 그림 같은 상점에서 물건을 사고 그림 같이 예쁜 길을 산책했다. 봄에 흠뻑 젖은 리가의 풍경은 따스하고 아름다웠다. 정말이지 봄은 사람을 들뜨게 한다.

동화 같은 리가의 아기자기한 거리, 그 온화한 봄볕 아래서 크로마뇽인은 내게 엉뚱한 이야기를 털어놨다.

―어제 선장님께 말씀드렸어. 여기서 비행기로 귀국할 거야. 더는 못 버티겠어.

시간이 지날수록 푸념이 늘던 광우는 결국 귀국을 결심했다. 리가의 푸른 거리에서 나누기에는 조금 우울한 이야기였다.

―그게 무슨 말이야? 벌써 그만둔다니. 우리는 고작 실습을 했

을 뿐이지 제대로 맛도 못 봤어. 이건 숟가락도 들기 전에 밥상을 걷어차는 거잖아.

—배 생활은 너무 힘들어. 일도 일이지만 밤새 흔들리는 배에서 지내는 것 자체가 괴로워. 감옥에 갇혀 있는 것 같아. 먹는 것도 형편없고 말이야.

—우리가 여기 놀러 온 건 아니잖아. 세상에 힘들지 않은 일이 어디 있어. 내가 육상에서 직장을 다녀봤지만 배에서 일하는 것만큼 쉬운 일이 없어. 여기는 경쟁도 없잖아. 몇 가지 힘든 점만 감수하면 최고의 일터야.

—그래. 다 좋은데, 이렇게 오래 집을 떠나 있으니 나중에 결혼생활이나 제대로 할 수 있겠어? 아닌 것 같으면 빨리 그만두는 게 낫다고 네가 말했잖아. 일단 아버지 가게 일을 도우며 차근차근 생각해봐야지.

그 속이야 모를 일이지만, 내가 봤을 때 광우는 쉽게, 너무나도 쉽게 포기를 선언했다. 돌아갈 곳이 있는 광우와 그렇지 않은 나. 그 지점에서 우리의 앞길은 달라졌다. 이런 때는 더 가진 게 정말 좋은 것인지 모를 일이다.

실기사의 포기 소식에 나는 고민이 많아졌다. 항해 8개월째. 이제껏 시간은 단 하루도, 한순간도 허투루 흐른 적이 없다. 배의 시간은 늘 그랬다. 나는 선박 생활에 적응한 지 한참이고, 솔직히 조금씩 이골이 나기 시작했다. 뜨거운 태양. 사방에서 불어오는

바람. 바람만 불면 좌우로 흔들리는 배. 그 속에서 억지로 청하는 잠. 어제, 오늘, 내일 반복하는 일상. 느리게 가는 시간. 고된 노동. 달빛 아래 홀로 선 외로움. 그리운 가족. 가물가물해지는 친구들의 얼굴까지. 처음 승선했을 때의 벅찬 기대는 손에 쥔 모래처럼 다 어디로 흩어지고, 딱딱한 차돌처럼 비루한 일상들만 남은 것 같다. 괜히 마음이 약해진다.

진로를 바꾸는 것은 용기일까? 참을성이 없는 것일까?

한길을 꾸준히 가는 것이 곧은 것일까? 어리석은 것일까?

어떤 사람은 과감하게 결단하고 행동하라고 한다. 돌아가는 길이 반드시 먼 길은 아니라면서. 어떤 사람은 필사적으로 물고 늘어지라고 한다. 독하지 않고서는 이룰 수 있는 게 없다면서. 양극을 오가는 어른들의 말은 덜 여문 우리를 괴롭힌다. 갖다 붙이기 나름이니 뭐가 맞는 건지 혼란스럽다.

연수원에서 같은 방을 쓰던 동생 영훈이가 떠날 때는 그것마저 용기라고 생각했다. 하지만 이건 아니다. 아니다. 결단코 아니다. 길 위에 올랐으면 뭐가 되든 일단 앞으로 나아가야 한다. 아전인수 격으로 주장을 뒤집는 건지 몰라도 이건 용기가 아니다. 손을 씻고 칼을 들었으면 호박이라도 썰어야 하고, 장갑 끼고 방망이를 들었으면 헛스윙이라도 해봐야 한다. 타석에 오르기도 전에, 호박을 잡기도 전에 그만두는 건 용기가 아니다. 아무렴 세상에 즐겁기만 한 일이 어디 있겠는가. 이렇게 어중간하게 산다면 무엇 하나 이루는 것 없이 허송세월할 것이다. 젊음이 유한함을 우리는 잘 알고 있지 않은가.

둘러보니 피부가 창백하리만큼 하얀 라트비아 사람들이 잔디밭에 누워 일광욕을 즐기고 있다. 사람들을 보노라면 이곳은 늘 봄인 것만 같다. 도저히 겨울을 상상할 수 없다. 어떻게 이 아름다운 거리에 어둡고 차가운 겨울이 올 수 있단 말인가. 하지만 우리는 알고 있다. 봄은 금방 가고 얼마 지나지 않아 다시 혹독한 겨울이 찾아올 것이다. 바로 몇 개월 전 벤츠필스에서 기온이 영하 20도 아래로 떨어지는 강추위를 경험하지 않았는가. 봄이 짧음을 알기에 이곳 사람들은 이토록 부지런히 햇볕을 찾아 나온

건지도 모른다.

아직 세상을 오래 살지 않아 잘 모르지만, 어른들의 말처럼 인생은 짧다. 인생의 일부인 청춘은 더더욱 짧다. 영원할 것만 같은 봄은 금세 소리 없이 물러갈 것이고, 우리도 늘 청춘일 것 같지만 나도 모르는 사이 나이를 먹을 것이다. 대충대충 허투루 보내기에는 이 황금기가 너무 소중하다.

스물아홉, 청춘의 끝자락. 곧 가수 김광석의 노래 '서른 즈음에'를 들으며 인생을 짚어야 할 것 같고, 젊음이 멀어짐을 인정하고 나이와 얼굴의 주름을 받아들여야 할 것 같은데, 여전히 나는 한없이 어리고 연약하다. 시간이 지난다고 저절로 어른이 되는 것은 아닌 모양이다.

뒤를 돌아보면 허무하고, 앞을 내다보면 막막하다. 삶에 대해 조금 더 진지하게 생각해야 할 나이다. 해가 저물기 전에 으라차차 일어나서 뭐라도 해야 한다. 젊음의 끝자락에서 한 번쯤 독해 봐야 한다. 이제 내 전부를 걸 각오로 말이다. 한 번이라도 독하지 않기에는 청춘이 너무 짧지 않은가.

며칠 뒤 광우는 떠났다. 공항에서 봤던 커다란 짐 가방을 끌고 차에 올라 휑하니 떠나갔다. 겉으로 내색하지 않았지만 귀국할 생각에 조금은 들뜬 모양이었다. 쑥과 마늘을 팽개치고 동굴을 떠나는 호랑이, 그 뒷모습을 보는 곰의 심정이 이랬을까? 광우의 뒷모습을 보면서 나는 주먹을 꽉 쥐고 항해의 의미를 되새겼다.

세계 곳곳을 돌아다니는 즐거움, 항해사가 되어 떳떳한 직업인이 되는 목표, 그리고, 조금 치졸하지만 이제껏 견뎌온 젊음의 나날들이 아까워서라도 꾸준히 앞으로 가겠다고 다짐했다. 어디 한번 독해보자고, 한 번쯤 어리석으리만큼 견뎌보자고 말이다.

비웃음 속에서 탄생한
수에즈 운하

수에즈 운하. 지중해와 홍해, 인도양을 잇는 대운하다. 북쪽 지중해에 접한 포트사이드 항과 중간 그레이트 비터 호수를 지나 남쪽 홍해의 수에즈 항에 닿는 192킬로미터, 열두 시간 뱃길이다. 하루에 화물선 백여 척이 양방향으로 다닌다. 아시아와 유럽을 오가는 선박이 이 운하를 이용하면 남아프리카로 돌아가는 항로보다 항해 거리 1만 킬로미터, 항해 일수 보름을 절약할 수 있다. 선박의 하루 연료비가 2천만 원이 넘는 요즘 같은 때에 수에즈 운하 통행료 2억여 원은 비싸다 할 수 없다.

수에즈는 중미의 파나마 운하, 남미 칠레의 마젤란 해협과 함께 뱃사람이라면 꼭 한 번 가야 하는 성지쯤 되겠다. 무슬림이 메카에 가고, 기독교인이 예루살렘에 가는 것처럼 말이다. 아무리 배를 오래 탄 선장이라도 이곳에 못 가봤다면, 이건 정말이지 치명적인 약점이 아닐 수 없다. 선원들은 휴가 때마다 부산 한국해양수산연수원에 모여 안전교육을 받는다. 보통 기숙사에서 사나흘쯤 묵는데, 같은 일을 하는 사람들이 모이니 만큼 금세 친해져서 어울린다. 여기서 수에즈에 안 가봤다면 아무리 경험 많은 선장이라도 초임 삼항사의 무용담을 겸손히 경청해야 하는 수도 있다. 낙하산 훈련을 받은 특전사 대원이 훈장처럼 가슴에 낙하산 문양을 다는 것처럼, 수에즈를 항해하는 경험은 선원 생활의 중대사다.

그 수에즈에 내가 간다. 이제 갓 배를 탄 내가 말이다. 우리는 프랑스 루앙이라는 도시에서 보리를 실어 중동 두바이에 부린다. 루앙은 센Seine강을 따라 파리와 이어진 도시다. 화가 모네가 그림으로 그려 유명한 루앙 노트르담 대성당이 있고, 성녀 '잔 다르크'가 화형된 곳이기도 하다. 관광객들이 북적이는 아름다운 곳이지만 수에즈 운하에 간다는 생각에 길바닥에서 잠든 수많은 집시들을 구경하는 평범한 상륙을 다녀오는 데 그쳤다.

프랑스를 떠난 배는 지브롤터 해협으로 지중해에 들어가 수에즈 운하 입구에 닿았다. 운하 입구 묘박지는 써니영처럼 통항을 기다리는 배들로 가득했다. 운하 진입은 하루 단위로 오전에만 가능하다. 오후에 진입하면 열두 시간 뒤 반대쪽에 닿을 쯤에는 깊은 밤이 되기 때문에 아침 일찍 출발해야 한다. 밤에 항해하다

사고를 일으키면 운하는 폐쇄될 것이고, 그러면 다음날, 또 일주일 후를 예약하고 모여드는 수백 척 선박의 앞길이 막힌다. 심혈관이 막히는 것처럼 수천만 톤 화물이 정체된다. 국제 물류대란이다. 우리는 운하 입구 묘박지에 닻을 놓고 밤을 보냈다. 수에즈운하가 저 앞에서 나를 기다린다는 생각에 잠이 안 왔다.

수에즈는 기원전 2000년경 옛 이집트 파라오 왕조 때부터 건설을 시도했지만 수로와 하천 수준에 그치다가 1869년에야 지금의 모습을 갖췄다. 19세기 무렵 프랑스인 페르디낭 드 르셉스가 수에즈 운하를 건설하겠다고 하자 세상은 터무니없는 계획이라며 비웃었다. 운하 건설이 불가능한 이유는 한둘이 아니었는데, 먼저 당시 사람들은 지중해와 홍해의 수위 차가 9.9미터에 이른다고 잘못 알고 있었다. 수위 차가 크면 급류가 생기니 운하를 건설해도 배가 지날 수 없으며, 물리적으로 사막을 뚫기 힘들고, 시간과 비용이 많이 들며, 운하 계획은 영국의 정책에 적대적이고, 따라서 영국의 압력을 받는 오스만 제국이 허가하지 않을 것이라는 등 부정적 의견투성이었다.

세상의 손가락질에도 불구하고 르셉스는 이집트 총독을 설득한 끝에 1854년 건설 허가를 받았다. 하지만 영국에서 공사를 반대하는 통에 5년이 지난 1859년에야 착공했다. 착공 후에도 이집트 지도자가 바뀌고, 정부가 파산하고, 전염병이 돌아 노동자들이 숨지고, 운하 소유권을 둔 분쟁이 터지고, 폭동이 일어났다.

법적 분쟁은 끊이지 않았고, 르셉스는 노예감독으로 몰리기까지 했다. 1869년, 진통 속에서 10년을 보낸 끝에 마침내 운하가 뚫렸다. 계획을 세운 지 37년 만의 일이다. 모두가 무모하다고 비웃었던 수에즈. 건설 후에도 폭동과 세계대전, 중동전쟁으로 오랫동안 폐쇄되기도 했지만 오늘날 수에즈는 한 해 수천만 톤의 화물이 지나고 통행료 수입만 6조 원에 달하는 거대 운하가 되었다. 세계 최대 운하도 사람들의 비관 속에서 탄생했다. 주변의 손가락질을 웃어넘기는 기백과 어려움 속에서도 포기하지 않는 열정이 없었더라면 오늘날 수에즈는 없었을 것이다.

이튿날 이른 아침에 운하 통과 계획표를 받았다. 선속이 빠른 컨테이너선이 가장 앞에 서고, 이어 자동차 운반선, 유조선 순이다. 속도가 느린 벌크화물선은 맨 뒤였는데, 갓 조선소에서 나와 두 살밖에 안 된 써니영은 속도가 빠른 편이라 벌크 선단의 네 번째에 섰다. 물론 군함이 가장 먼저다. 성조기를 단 잠수함과 군함 여러 척이 포트사이드를 통과하면서 하루 통행이 시작되었다. 우리도 도선사와 갑판 보조원을 태우고 운하 입구에 접근했다.

배들의 행렬을 따라 천천히 앞으로 나아가자 양 옆으로 이집트 도시가 다가왔다. 건물 꼭대기 둥근 돔이 반짝이고, 자동차가

먼지를 일으키며 달리고, 염전에서 허리 숙여 일하는 사람들이
보였다. 낭만에 젖어 있는데 보트 여러 척이 다가왔다. 까불까불
손을 흔들며 고래고래 소리를 지르는데 무슨 말인지 도통 알 수
가 없었다. 손에 피라미드 모형이나 주전자, 옷가지를 들고 흔들
었다. 골치 아픈 잡상인들이다. 도선사는 잡상인을 배에 태우라
고 지시했다. 모두 한통속이다.

　상인 다섯이 승선하자 배는 도떼기시장이 되었다. 상인들은 낙

타 모형과 각종 장신구, 의류, 싸구려 전자제품 등을 식당 층 복도에 진열했다. 선원을 꼬드겨 비싸게 팔았다. 물론 아무도 사지 않았다. 선원들은 알고 있다. 처음에 20달러인 피라미드 모형은 가격이 점점 낮아져서 마지막 수에즈 항구에 도착할 때는 2달러가 된다는 걸. 시작부터 난장판이다. 배를 장악한 상인들을 보니 안방을 내준 기분이다. 어쩔 수 없다. 도선사에게 밉보이면 골치 아플 수 있다. 선장은 내게 개인 방과 창고, 사무실 문을 단단히 잠그라고 지시했다.

운하는 인공의 흔적이 뚜렷했다. 자로 잰 듯 곧고, 한 곳에서 급하게 꺾였다. 계산된 곡면은 정확한 대칭을 이뤘다. 사람의 손을 탄 흔적이다. 도시는 금방 멀어지고 뜨거운 사막이 나타났다. 시선을 조금만 위로 하면 사막을 가르는 기분이 들었다. 태양은 이글거리고 노란 모래 위로 아지랑이가 피어올랐다. 멀리 지평선이 흐물흐물 흔들렸다. 화염 속을 지나는 것만 같았다. 열심히 달려 까마득한 수평선에 닿고, 다시 다음 수평선에 닿아도 운하는 끝을 몰랐다.

정녕 이 거대한 운하를 사람이 만들었단 말인가. 그것도 이렇게 뜨거운 태양 아래서. 가끔 나는 로마와 아테네의 오랜 유적, 홍콩의 빽빽한 아파트, 인도의 어느 사원, 역사 깊은 서울의 궁궐을 볼 때마다 "대체 오늘날 이 세상을 누가 다 만들었을까" 하고 자문한다. 그건 요즘 아파트를 짓듯 뚝딱 올린 것이 아니다. 만들고 사라지는 오랜 반복 속에서 지켜낸 소중한 유산이다.

니체의 말처럼 나는 우연히 이곳을 찾은 낯선 존재가 아니다. 나는 이 세상을 전부 상속받았다. 세종대왕도, 진시황도, 알렉산더대왕도, 칭기즈칸도 지금 이 순간을 누릴 수는 없다. 나는 현재의 주인이 되어 문명의 유산을 값없이 누리는 것이다. 그것도 뱃사람이 되어 온 나라를 누비면서 말이다. 행복한 느낌이었다.

써니영은 앞에 가는 배와 간격을 유지하며 천천히 운하를 지났다. 열두 시간 항해. 도선사는 여섯 시간 일하고 중간에 교대한다. 오후 3시쯤 콧수염이 두툼한 새 도선사가 승선했다. 삐쩍 마른 첫 도선사는 밥 때가 아닌데도 저녁을 챙겨 먹고 갔다. 새로 올라온 콧수염 도선사도 저녁 식사를 요구했다. 도선사는 수다스럽게 "코리안 하스피셔스, 하스피셔스Hospicious"라고 말하며 엄지손가락을 번쩍 올렸는데, 찾아보니 사전에 없는 단어였다. 후하고 친절하다는 'Hospitable'을 말하는 것 같았다. 우리는 그다지 후하고 싶지 않은데 말이다.

첫 번째 말라깽이 도선사가 근무를 마치고 돌아가는 길에 선물로 담배를 요구했다. 미국산 말보로 다섯 포를 달라고 했다. 선수에서 대기하는 보조 요원과 보트 운전수의 선물까지 대신 받아가겠다는 것이다. 이런 식이면 보트에 연료를 넣은 놈과, 보트를 수리한 놈과, 보트를 만든 놈과, 보트를 설계한 놈의 선물까지 달라 하겠다 싶었다. 배에서 소비하는 담배는 면세라지만 한 포에 18달러다. 선장은 실랑이 끝에 말보로 세 포를 내줬다. 도선사가 교대할 때 저희끼리 이런저런 이야기를 나눴다. 평범한 인수인계라고 생각했는데, 담배를 얼마나 받았는지, 선장이 얼마나 '하스피셔스'한지 이야기한 것 같았다.

새로 올라온 콧수염은 저녁을 먹자마자 담배 싸움이다. 흥정을 하자는 것이다. 일단 두 포를 줬는데도 도선사는 항해하는 내내 담배를 더 달라고 타령했다. 선장이 쉬러 간 사이에도 선장을 부르라고 야단이다. 당장 담배를 주지 않으면 도선을 하지 않겠다고 생떼를 썼다. 도선사는 안내원일 뿐이지 직접 배를 모는 게 아니라는 것이다. 물론 억지다. 운하를 통과하는 열두 시간 내내 선장이 선교에 있을 수는 없다. 선장도 쉬어야 할 것 아닌가. 콧수염은 도선을 하는 게 아니라 담배를 받아내려고 승선한 것 같았다.

이 사람들이 담배에 집착하는 건 제 생각보다 임금이 형편없기 때문이다. 담배를 시장에 팔아 수입을 늘리려고 하니 이런 악순환이 반복된다. 임금이 낮다. 담배를 얻어 보탠다. 일정 수입이 생기니 임금이 낮아도 그만두는 사람이 없다. 되레 인력이 모인다. 임금은 오르지 않는다. 담배로 보탠다. 임금이 오르지 않는다. 결국 이 추접한 비정상이 정상처럼 자리 잡는다.

이런 일은 우리나라에도 흔하다. 그 예는 한 둘이 아니지만 일단 영세 신문사만 봐도 그렇다. 임금이 낮다. 직원들이 사이비기자가 된다. 검은돈으로 임금을 보충한다. 견딜 만하니 기자들이 그만두지 않는다. 임금이 오르지 않는다. 다시 기자들이 검은돈에 손을 댄다. 불법은 불법을 낳는다. 불법은 보통 이런 악순환의 구조에 단단히 자리를 튼다. 손쉽게 도려낼 수 없는 까닭이다. 이제 뱃사람 사이에서 수에즈 운하는 '말보로 운하'가 되었다.

써니영은 저녁 8시쯤 운하 반대편에 닿았다. 배는 항해의 위험보다 도선사와 싸워가며 운하를 지났다. 나는 그 유명한 수에즈를 건너면서 담배 때문에 계산기만 두드린 것 같았다. 파리에서 소매치기를 당하고 로마에서 사기꾼에게 바가지 쓰는 것처럼 환상은 산산이 깨졌다. 이따금 세상은 기대와 다름을 잘 알고 있지만 가끔 이렇게 생각지도 못한 일을 겪으면 조금 씁쓸하다.

한 사람의 무모한 꿈에서 시작한 수에즈 운하. 전 세계 물류의 요지가 된 오늘의 수에즈는 거기 사는 사람들의 아우성으로 가득했다. 운하는 거대한 쳇바퀴처럼 탄탄하게 돌아가며, 선원들을 꾀는 장사꾼과 담배 타령하는 도선사, 보조 요원, 보트 운전수 등 수천 명의 일터가 되었다. 반대와 비난, 불확실성의 두려움에 굴하지 않은 페르디낭 드 르셉스의 용기로 역사는 진일보했다. 덕분에 이집트 후손들의 생계가 열리고, 유럽과 아시아를 잇는 뱃길은 이토록 짧아졌다.

편안한 항로를 버려라,
해적은 길목에서 기다린다

돌아갈 것인가, 질러갈 것인가.

선장의 고민이 등 뒤에서도 훤하다. 선교의 공기는 납덩이를 얹어놓은 것처럼 무겁다. 빈 바다만 바라보는 선장은 사뭇 다른 세상에 있는 느낌이다. 그와 나 사이 거리가 천 길도 더 되는 것 같다.

여기는 아덴만, 소말리아 앞바다로 곳곳에 해적이 도사리고 있다. 해적선이라고 검은 해골깃발을 달고 다니지는 않는다. 그러니 작은 어선만 나타나도 깜짝깜짝 놀라기 일쑤다. 저 앞에 왕건함이 있는데도 말이다. 산짐승이 우글거리는 산길을 가는 느낌이다. 요사이 이 지역은 온통 해적이 들끓는다. 해적은 소말리아 연안과 아덴만, 아라비아 해는 물론 홍해와 인도양 먼바다에서도

판친다. 몇 년 사이 상선 수십 척이 납치되었다. 그 해적의 바다에 내가 있다.

해적. 요즘 같은 때에 웬 말이냐 하겠지만, 또 일반인에게 해적은 알카에다나 아프리카 어느 나라의 반군처럼 먼 이야기이겠지만, 선원들에게는 피부에 닿는 문제다. 우리나라 선박이 납치되었다는 소식, 수개월간 고초를 당한 끝에 귀국한 삼호 드림호 선원들의 수척한 얼굴, 청해부대가 삼호 쥬얼리호를 구출했다는 소식, 그들이 겪은 이야기, 만신창이가 된 석해균 선장을 보면서 우리는 해적이 남의 일이 아님을 실감한다. 납치되어 겪을 일을 생각만 해도 소름이 돋는다. 푸른 바다에서 우리는 신경이 바짝 곤두섰다. 뜨거운 날씨와 해적이 우리를 압박했다.

써니영은 호송선단에 섞여 항해한다. 홍해에서 아덴만을 가로질러 아라비아해 한가운데까지 청해부대 왕건함의 호위를 받는다. 어미를 따라가는 새끼오리처럼, 왕건함이 맨 앞에 서고 양 옆으로 다섯 척씩 열 척이 1마일씩 떨어져서 나란히 나아갔다. 작은 어선이 나타날 때마다 왕건함은 헬기를 띄워 멀리 물리쳤다. 선단에 대한민국 배는 우리뿐이다. 왕건함이 자랑스러웠다.

배들은 엔진을 8할 정도만 돌려 서로 속도를 맞췄다. 각국의 배가 옹기종이 모여 아덴만에 진입했다. 참 평화로운 바다다. 열대의 바다는 잉크를 풀어놓은 것처럼 파랬다. 어찌나 맑은지 물에 잠긴 선체 깊은 곳까지 보일 정도다. 돌고래 무리가 선단 사이를 가로질렀다. 이백 마리쯤 되니 행렬이 무척 길었다. 중간에 우리 배가 무리의 허리를 잘랐다. 써니영에 막힌 돌고래들은 우현에서 깊이 잠수해 좌현으로 나왔다. 배 왼쪽 허리에서 돌고래 수십 마리가 허공으로 뛰어오르는데 단독 항해로는 볼 수 없는 기가 막힌 장면이다.

이런 아름다운 바다가 해적의 활동지로 전락한 건 인도양 어장을 싹쓸이한 대형 어선들의 욕심과 산업폐기물, 심지어 핵폐기물까지 투기해 어장을 망친 선진국의 이기심 때문이다. 어업을 포기한 소말리아 사람들은 해적질에 나섰고, 처음에는 어두운 밤에 슬쩍 배에 올라 현금과 귀중품을 훔치던 것이 점점 대범해져 선원과 배를 납치하는 데까지 이르렀다. 해적들은 제 나라 바다를 황폐하게 만든 선진국 선박에게 통행료를 징수하는 것일 뿐이라고 변명한다. 아주 없는 말은 아니다.

소말리아 해적은 우리 곁에도 있다. 인터넷 중고 물건 거래장터에서 백만 원 가까운 돈을 사기 당한 적이 있다. 일당은 아기를 키우는 부부였다. 나는 설마 부부가 사기를 칠까 싶어 무심코 돈을 입금했다. 물건은 오지 않았고, 부부는 잠적했다. 사기당한 것도 쓸쓸하지만 남을 속여 아기를 키우는 부부의 현실이 안타까웠다. 빈부 차가 커지면 범죄도 늘기 마련이다. 선진국 해운회사들은 소말리아 해적 때문에 엄청난 손실을 입고 있다. 배를 납치당하면 협상금으로 수백억 원을 줘야 한다. 보안요원을 태우느라 번번이 수천만 원을 쓰고, 호송 일정에 맞추느라 선박 운항도 늦어진다. 이건 어쩌면 약자를 업신여기고 방치한 대가다. 해적과 사기꾼 부부만 봐도 일부만 잘 사는 세상은 아름다울 수 없다.

국제해적센터에서 시시각각 해적 동향을 전해 들었다. 하루 사이 아라비아해에서 실제 해적 공격 사례가 세 건, 해적으로 보이는 어선을 만난 게 다섯 건이다. 이건 실제 상황이다. 지금도 해적들이 선박을 납치하는 데 혈안이 되어 있다. 나는 소식이 올 때마다 해도에 사고 위치를 표시했다. 우리가 왕건함과 작별하고 호르무즈 해협으로 가는 직선항로 근처다. 해적들은 알고 있다. 배들이 어디로 다니는지. 어디가 빠른 길인지를 말이다. 호송을 마친 상선이 항해하는 길목에서 해적들은 진을 치고 있다.

선장의 고민은 갈수록 깊다. 왕건함과 작별하면 뱃길은 아시아행과 중동행으로 갈린다. 우리는 선수를 북으로 돌려 중동 호르무즈 해협으로 가야 한다. 그 길에 해적이 있다. 돌아갈 것인가. 질러갈 것인가. 손쉬운 고민이 아니다.

—따르릉

또 전화다. 독일 용선회사 직원이다. 직원은 시시각각 위성전화를 걸어 선장을 독촉했다. 선장은 구겨진 얼굴로 전화를 받았다.

—직진, 직진입니다. 아셨죠?

　—직선항로에는 해적이 많습니다만…

　—총을 든 보안요원까지 태웠는데 뭐가 문제입니까. 그리고 해적위험구간에서 서둘러 빠져나오려면 최단거리 항로로 가야지요. 요리조리 뱅뱅 돌다보면 무슨 일이 생길지 어떻게 압니까.

　고장 난 자동차 네이게이션이 막다른 길로 가라고 재촉하는 것처럼 용선회사 직원은 직선항로를 고집했다. 그리로 가면 운항 비용을 아낄 수 있다. 허나 해적을 만날 게 뻔하다. 보안요원만 믿고 갔다가 만에 하나 일이 잘못되면 목숨이 위태로울 수 있다. 삼호 쥬얼리호 사건 이후 해적들은 더 난폭해졌다. 돌아가는 안전한 길이 있지만 용선회사의 눈치가 보인다. 폭풍우에도 개의치 않는 놈들인데 소말리아 해적 따위에 돌아가라 하겠는가. 총을 든 안전요원까지 승선했으니 구실도 충분하다.

본래 항로 선택은 선장의 권한이다. 그러나 요새는 선장도 허울뿐이다. 선장의 권한이 전화기에 밀린 것은 어제오늘 일이 아니다. 요사이 통신기술이 발달하면서 영화 〈아바타〉처럼 독일 사무실에서 배의 구석구석까지 참견하고 조종하는 일이 벌어진다. 선장은 판단할 필요도, 그럴 수도 없다. 자칫 용선회사의 눈 밖에 났다가는 다음 계약 때 '비협조적'이라는 구실로 불이익을 받을 수 있다. 수익이 최우선인 자본의 시대에는 숫자가 곧 법이다. 씁쓸하다.

전화를 끊은 선장은 담배가 다 타들어가고 커피가 식도록 의자에 가만히 앉아 있었다. 사실 선장도 누가 정해주는 편안함을 즐기며 살아왔다. 여태껏 지침대로, 정해진 대로, 그것도 아닐 때는 회사에 전화를 걸면 답이 딱딱 나왔다. 그렇게 남이 시키는 대로만 해도 충분했다. 보통 사는 것도 그렇지 않은가. 물건을 살때는 상점이 정해준 몇 가지 중에서 고르고, 선거 때는 정치인들끼리 정해서 내놓은 후보 중 차악(次惡)에게 투표한다. 다가오는 선택 앞에서 친구의 친구, 선배의 선배가 책과 텔레비전에서 보고 들은 이야기에 귀를 세운다. 직접 경험하지 않고 손쉽게 얻으려고만 한다.

아덴만의 하루는 금방 저물었고, 그 하루가 몇 번을 반복해 선단은 왕건함과 작별을 앞뒀다. 그 사이 선장이 우황청심환을 먹고 용기를 내는 바람에 '빽-빽-' 울리는 위성전화기를 부순다거나, 용선회사 직원에게 막말을 쏟아 붓는다거나, 선원들이 선상 반란을 일으키는 따위의 극적인 사건은 일어나지 않았다. 다만 선장은 선원들에게 짧게 공지했다.

—항로에 관해 선원들의 의견이 분분합니다. 본 선장 역시 용선주의 압박 아래 고민이 많았습니다. 위대한 지휘관은 부하들을 위험에서 구하는 슈퍼맨이기보다 애초에 곤경에 빠뜨리지 않는 자입니다. 본인은 해적을 잘 물리치기보다 처음부터 위험을 차단하는 현명한 선장이고 싶습니다.

—우리는 안전하게 인도 연안으로 돌아갑니다. 단독 항해가 위험한 것은 잘 알고 있습니다. 여러 배들이 직진하는 데는 나름 이유가 있겠지만 다수라고 무조건 옳지는 않습니다. 물고기도 무리를 따라가다가 다 같이 그물에 걸리지 않습니까. 조금 고되고,

그 시간이 길더라도 과감히 돌아가는 편이 낫습니다. 선원들이 조금만 더 고생해주기를 당부합니다.

웅성거리던 선원들은 잠잠해졌다. 선장은 이등항해사에게 새 항로를 그리라고 지시했다. 인도 해안선에 붙어 북으로 가는 곡선 항로, 이틀이나 돌아가는 길이다. 선장은 정해주는 길을 버리고 먼 길을 자처했다. 선장이라고 마음이 편할 리 없다. 일부 선원의 반대, 용선주의 압박, 홀로 항해하는 두려움, 무엇보다 선원들의 목숨을 담보로 내린 판단의 무게. 하지만 선원들은 알고 있다. 돌아가는 길이 좀 더 안전하다는 것을.

호송 구간 끝에서 써니영은 왕건함과 헤어졌다. 우리는 중동으로 가는 무리에서 떨어져 인도 방향으로 선수를 틀었다. 같이 항해하던 배들은 금방 수평선 너머로 사라지고, 써니영은 홀로 아라비아해의 파도를 치고 나갔다. 혼자라는 것이 두려웠다. 선원들의 눈빛이 반짝였다. 위험이 닥치니 누가 시키지 않아도 명민하게 움직였다. 우리는 창문을 검은 봉지로 가려 밖으로 새나가는 빛을 차단하고 항해등마저 껐다. 아무도 모르게 해적의 바다를 건넜다. 전 선원이 밤새 세 모둠으로 당직을 섰다. 아주 긴 밤이 기다리고 있었다.

달은 밝고 바다는 잔잔했다. 고요한 바다에 윤슬이 반짝였다. 말이 없는 선원들, 그 위로 덜덜덜 엔진 소리가 주책없이 퍼졌다. 해적 역시 항해등을 끄고 몰래 접근하기 때문에 해적선 엔진 소

리에 귀 기울여야 한다. 나는 선교 밖 좌현에 나가서 네 시간 동안 바다의 소리에 귀를 열었다. 슥슥 귓가를 스치는 바람 소리에 이렇게 집중한 건 난생처음이었다. 묘한 밤이었다. 선원들은 부엉이처럼 눈만 동그랗게 뜬 채 당직 시간을 보내다 내려가 잠들었다. 선내에 경건한 침묵이 흘렀다.

긴장의 바다에도 어김없이 아침이 찾아왔다. 다행히 밤사이 아무 일도 일어나지 않았다. 해적 동향을 보니 우리 앞길에 해적이 나타난 사례는 없었다. 오히려 직선항로로 사라진 선단에서 해적을 봤다는 소식이 들려왔다. 실제 세상은 영화나 드라마가 아니어서 모든 배가 해적 왕에게 납치되었는데 우리만 곁길로 빠진 덕에 불행을 면했다는 식으로 극적인 사건은 일어나지 않았다. 해적을 조우한 선박들도 나름의 수완을 발휘했는지 사고 소식은 없었다. 어찌 되었든 항로를 바꾼 선장의 결단은 옳았다. 직진을 했더라면 우리가 해적과 총격전을 벌일 수도 있지 않았는가.

세상에 정해진 항로는 없다. 망망대해 같은 인생길에서 우리는 가장 안전한 길을 스스로 개척해야 한다. 다수가 모인다고 안전한 길은 아니고, 조금 벗어났다고 틀린 게 아니다.

따지고 보면 내 삶에도 정해진 길은 없다. 학부에서 언론학을 전공할 때는 유능한 기자가 되겠다며 여기저기 무섭게 달려들었다. 졸업 후 작은 신문사에서 일했고, 뜻하지 않게 자동차 정비를 배우며 손에 기름도 묻혔다. 한동안 백수로 지내며 절망했다. 그건 잠깐의 시련일 뿐이다. 우연히 만난 뱃사람의 허풍에 넘어가 과감히 바다로 나왔다. 해양대학을 졸업하지 않은 내게 앞길은 캄캄했다. 기댈 언덕도, 피할 그늘도 없었다. 그럼에도 끊임없이 두드리니 어디선가 길이 열렸고, 나는 지금 바라던 대로 배에 올랐다. 써니영이 항로에서 벗어나지 않았더라면 도리어 해적에 시달렸을 것이고, 내가 삶의 항로에서 벗어나지 않았더라면 온 세계를 누비는 특권은 없었을 것이다. 젊은 사람들이 용기를 내야 할 때다.

삶의 방식이 다른
사람도 있을 수 있다

인도. 인도에 간다. 이곳에 다녀온 사람들은 하나같이 뜬구름 같은 이야기를 풀었다. 정신의 고향이다, 과거와 현재가 공존한다, 질서와 무질서가 평행선을 그린다는 식이다. 글자와 단어는 알겠는데 그네들이 말하는 게 또렷하게 떠오르지 않는다. 도대체 어떤 곳이기에 이렇게 어려운 설명이 붙는 것일까? 여행기에서 읽은 장면을 떠올리며 기대를 품었다. 그런 초록빛 기대에 찬물을 끼얹은 건 우리 배의 막말꾼 조리장이다.

　—고대 문명? 신비한 정신세계? 꿈도 꾸지 마. 우리가 가는 곳은 항구야. 최하층민들이 사는 곳이라고. 더구나 인도는 빈부격차가 심해서 항구는 뭘 생각하든 그 이하야.

　조리장이 말하는 인도는 구질구질했다. 본인이 수십 번 갔지만 기행문에 담긴 장면은 눈을 씻고 찾아봐도 없더라는 것이다. 여행기 속의 인도와 조리장이 말하는 인도는 북극과 사막만큼 달랐다. 세상에서 가장 가난한 마을이 기다리는 것만 같았다.

우리는 인도 서쪽 중남부 해안도시 몰무가오Mulmogao에서 철광석을 실어 중국 산둥성 롱코우Longkoua에 내려준다. 승선 11개월째. 이제 실습은 딱 한 달 남았다. 마지막 항해가 될 것이다. 정식 항해사가 되어 어깨에 견장을 차고 항해하는 꿈이 코앞에 다가왔다. 고지가 멀지 않다는 생각에 힘이 났다. 배가 동쪽으로 가는 바람에 낮이 짧아졌다. 이틀에 한 번꼴로 시계를 인접국의 지방 시각과 맞췄다. 배는 동이나 서로 15도씩 항해할 때마다 1시간씩 시계를 돌리는데 이를 전진, 후진이라 부른다. 지구 한 바퀴 360도를 24(시간)로 나누면 15도. 서울에서 동쪽으로 15도를 가면 해가 한 시간 일찍 뜬다. 서쪽은 반대다. 우리나라가 중국보다 1시간 빠른 까닭이다. 그래서 동쪽으로 가면 시간을 당기고 서쪽으로 가면 늦추는 셈이다.

나흘 만에 도착한 항구는 죽은 듯 잠잠했다. 바람 한 점 불지 않아서 나뭇가지조차 꿈쩍 안 했다. 자동차며 크레인도 멈췄다. 정지한 사진처럼 아무것도 움직이지 않았다. 그 위로 까마귀 한 마리가 주책없게 날아갔다. 항구 일대는 정전이었다. 도선사는 이런 일이 잦다고 설명했다. 배를 붙이는 건 이런 때 할 수 있는 유일한 일. 우리는 모두 잠든 밤에 몰래 집에 들어가듯 살금살금

배를 댔다.

조용한 분위기와 달리 부두에는 현지인 쉰여 명이 바글거렸다. 현문사다리를 내리기 무섭게 우르르 배에 올라왔다. 태반이 장사꾼인데 파는 것도 많고 가격도 제멋대로다. 크게 보면 보석, 기념품, 해산물 그리고 전화카드 장수다. 심지어 이발사도 있었다. 배는 순식간에 난장판이 되었다. 줄을 서지 않는 사람이 몇몇 보였다. 채에서 걸러낸 밀가루처럼 승선 절차를 기다리는 무리에서 열댓 명이 떨어져 나왔다. 선박 업무를 돕는 에이전트와 세관, 검역, 출입국관리소, 항구 직원이다. 다른 나라에서는 혼자 하는 일인데 각 관청에서 둘, 셋씩 왔다. 배에서 챙겨 갈 것이 많기 때문이다.

관리들이 부패했다. 담배를 주지 않으면 행정 업무를 질질 끌 것이다. 수백 가지 규정을 들이대고 트집을 잡자면 얼마든 만들어낼 수 있다. 세부조항을 하나하나 따지고 늘어지면 하역 작업이 지체되고, 마약이나 무기를 찾는다는 명목으로 배 전체를 수색하면서 시간을 끌 수도 있다. 그러면 선원들도 진이 빠진다. 수천만 원에 달하는 이 배의 하루 용선료를 고려하면 불합리하지만 그냥 쥐어 보내는 게 상책이다. 후진국 공무원은 배의 약점을 고약하게 이용했다. 에이전트가 중재해 담배 마흔 포, 약 80만 원어치를 풀자 모든 게 일사천리다.

날이 어두워지자 낮에 왔던 앞니 빠진 세관원이 다시 왔다. 처음 보는 추레한 사내 셋과 함께였다. 능글맞은 얼굴로 낮에 못한 검사를 마저 하자 했다. 혹시 배에 마약이나 불법 무기를 숨겼는지 뒤져보자는 말이다. 먼저 공구 창고와 페인트 창고를 열었다. 공구 창고는 들어가지도 않고 밖에서 흘끗 둘러보고 말았다. 페인트 창고에서는 검정색 페인트가 있느냐고 물었다. 없다고 하니 작정한 듯 여기저기 뒤졌다. 검정색 페인트 통에 무시무시한 폭탄을 숨겨놨다는 첩보가 있거나, 세관원의 집에 검정색이 필요하거나, 둘 중 하나가 분명했다. 세관원은 눈에 불을 켜고 뒤지다가 단념한 듯 부식 창고로 향했다. 사실 앞 두 곳은 겉치레고 마지막은 늘 여기다.

　인도에 가면 공무원이 여행 가방을 갖고 온다고 했다. 소문은 사실이었다. 사내들은 커다란 가방을 준비했다. 셋의 가방을 합치니 출국 당시 크로마뇽인이 공항에 가져온 짐이 떠올랐다. 남자는 부식 창고에 들어서자마자 주인 없는 가게를 터는 것처럼 무섭게 담았다. 닥치는 대로 넣었다. 통조림과 잼, 케첩은 물론이고 부피가 큰 라면에도 손을 뻗었다. 큼지막한 손으로 한 번에 대여섯 개를 집어 드니 몇 번 손길에 빈 상자만 남았다.

　세관원은 계속 커피를 요구했다. 커피가 귀한 모양이다. 두어 통 쥐어주자 엄지손가락을 펴 보인다. 내가 소주를 고급 위스키인 것처럼 들이밀자 손사래 쳤다. 우리나라 배를 터는 게 한두 번이 아닌 것 같았다. 관리들은 요란한 검사 끝에 선장에게 인사하는 것도 잊지 않았다. 선장은 태연하게 응대했지만 속은 까맣게 타는 모양이다. 얄밉지만 어쩔 수 없다. 나는 못마땅해서 사내들의 뒤통수에 대고 우리말로 쓴소리를, 물론 웃는 낯으로 뱉었다.

─빨리 가버려, 이 추접스러운 것들아.

알아듣지 못하겠지만 속은 좀 나아졌다. 인도의 첫날은 그렇게 저물었다. 그날 밤 나는 서점에 흔한 인도 기행문을 생각했다. 어떤 작가는 인도 여행에서 길거리 노인과 삶의 심오한 진리를 이야기한다. 아무리 인도 공용어가 영어고 그 작가도 영어에 능통하다 해도 길바닥에서 우연히 만난 걸인과 철학적 대화를 하는 건 보통의 상식과 여행 경험으로는 이해할 수 없다.

설령 그랬다 치더라도 작가만의 희귀한 경험을 여행이 주는 일반적인 느낌인 것처럼 적는 건 너무하다. 심지어 돈을 뜯는 노인이 "이 돈은 네 것도 내 것도 아니니 누가 갖든 상관없다"고 했다나. 속 터질 일이다. 세상을 아름답게 보려는 작가 고유의 시선을 비난할 수는 없다. 다만 거기에 속아 환상을 품는 순진한 독자를 살폈으면 좋겠다.

2013년 외교통상부의 자료를 보면 우리 국민은 해외에서 월평균 347건씩 강도·절도·폭행·사기 등의 피해를 입었다. 강력범죄도 빈번해서 매달 2명 이상 주검이 되어 고국에 돌아왔다.

가까운 친구의 여동생이 인도에서 그렇게 실종됐다. 집안은 풍비박산이 났다. 그런데도 무책임한 작가들은 순진한 젊은이들을 해외로 꾀고 있다. 나는 그날 밤 두 주먹 불끈 쥐고 이 못된 세관원의 만행을 만방에 알리리라 다짐했다. 인도의 첫날은 그렇게 저물었다.

이튿날 아침밥을 먹는데 선장이 꾸지람했다.

이 사람들도 눈치가 있다. 우리말이지만 네가 추접하다고 말하면 다 짐작한다. 이 사람들이 이러는 건 못사는 나라에서 태어났기 때문이다. 사람이 악해서 그런 게 아니라 상황이 그런 것이다. 우리 어른들도 예전에는 다 그랬다. 우리도 이런 시기를 거쳐 오늘에 이른 것이다. 네가 지금 배를 타는 건 저들보다 잘사는 나라에 태어났다는 아주 사소한 이유 때문이다. 네가 아무리 잘나고 성실해도 여기서 태어났으면 그들과 같았을 것이다. 다시는 그런 말 말아라.

짧은 꾸중이지만 여운은 길었다. 생각해보니 우리나라 공무원도 예전에는 그랬다. 영화 〈범죄와의 전쟁〉에서 배우 최민식이 연기한 부산 세관원은 동료와 조직적으로 뒷돈을 모았다. 노선원들의 이야기를 들어보면 실제 우리 세관원들은 일본인 선장이 승선한 배는 골탕 먹이려고 일부러 싹쓸이할 정도였단다. 솔직히

선장의 말에 완전히 공감하지 않는다. 가난해서, 상황이 안 좋다는 핑계로 남의 물건을 탐낼 수는 없다. 인도 세관원이 공권력을 남용한 점, 그것으로 자기 주머니를 채운 점, 상대의 약점을 이용한 점은 옳지 않다. 그러나 그것만으로 감히 인격을 논할 수 없다. 남에게 받는 데 거리낌 없는 이 나라 사람들을 잠시나마 겪으면서 이런 일에 '부도덕'이나 '악함'이라는 단어를 붙이는 건 너무하다는 생각이 들었다.

재레드 다이아몬드 박사의 저서 『총, 균, 쇠』의 본문 마지막 문장은 이렇다. "아프리카와 유럽의 역사적 궤적이 달라진 것은 궁극적으로 부동산의 차이에서 비롯되었다." 600쪽에 달하는 두꺼운 책은 이 명제를 논증하는 과정이다. 유럽 사람이나 백인이 우월하고 아프리카 사람이나 흑인이 열등한 게 아니라 유라시아와 유럽, 아프리카, 아메리카 등 각지의 환경요인이 지금 인류의 모습을 결정했다는 것이다.

물론 인간의 창의성과 노력도 중요하지만 궁극적으로 어떤 환경은 다른 환경에 비해 창의성을 발휘할 재료 자체가 많으니 발명의 기회나 제반 여건이 한결 유리하다. 앞니 빠진 세관원과 나의 차이도 마찬가지다. 선장의 말대로 내가 배를 탄 건 내가 잘나서가 아니다. 대한민국이라는 조금 유리한 곳에서 태어났기에 작은 노력으로 큰 혜택을 받은 것이다.

부모 잘 만나 세상모르고 사는 친구를 손가락질하던 나다. 네가 무슨 고생을 알고 고민이 있겠냐며 무시했다. 그런 내가 사내들을 보고 추접하다고 했다. 생계의 벼랑에 서보지 않은 내가 말이다. 나야말로 무슨 고생을 알며 고민이 있겠는가. 대학 시절 해외 오지 봉사활동과 여럿이 모여 하던 더 나은 세상을 향한 고민은 고작 이력서 한 줄 채우기였고 거울 앞에 폼 내기였다. 가진 자와 못 가진 자, 잘 사는 나라와 못사는 나라의 중간에 선 나는 이토록 이중적이다. 나는 진지하게 시선을 추슬렀다.

남의 가난을
관광하는 무례

상륙은 늘 설렌다. 언제든 배를 떠날 때면 발이 땅에서 얼마쯤 둥둥 떠 있는 느낌이다. 항구 정문에 오토바이 대여섯 대가 있었다. 내가 나타나자 그늘에서 노닥거리던 장사꾼과 운전수들이 우르르 몰려들었다. 나를 낚아채려고 안달이 났다. 진짜라고 우기지만 얼핏 봐도 가짜인 핸드폰과 다이아몬드라고 우기지만 플라스틱이 분명한 보석, 백화점에서 파는 걸 빼왔다는 중국산 모조시계를 드밀었다. 향수, 담배, 전화카드 등 만물상이다. 관심을 안 보이니 엽서나 지도를 꺼냈고, 그래도 무관심하니 자기 형이 운영하는 식당에 가자 하더니, 끝내 걸인으로 돌변했다. 직업이 다섯 가지도 넘는 작자들이다.

길 건너에 허름한 삼륜인력자전거 릭샤가 있었다. 자전거꾼은

나무그늘에 쭈그려 앉아 나를 무심하게 쳐다봤다. 오토바이 운전수와 장사꾼의 등쌀에 밀려서 이리로 올 엄두도 못내는 것 같았다. 나는 성질이 드세고 유난 떠는 사람이 싫다. 영악해 보이는 운전수들을 물리치고 릭샤를 탔다. 인도에 오면 꼭 타보고 싶었고, 자전거꾼의 부드러운 눈빛도 마음에 들었다.

자전거꾼은 이름이 '아파라오'라고 했다. 다부진 어깨와 탄탄한 종아리가 젊음을 발산했다. 가볍게 근처를 둘러보자고 했다. 아파라오는 더 묻지 않고 페달을 밟았다. 남자는 빼빼 마른 엉덩이를 안장에서 들어 온몸으로 속도를 붙였다. 릭샤는 천천히 앞으로 나아갔다. 바람이 귓가에 살랑거리고, 향신료 냄새 섞인 인도 특유의 향이 물씬 풍겼다. 릭샤가 좁은 자동차 사이를 요리조리 빠져나갈 쯤에야 내가 인도에 왔다는 걸 실감했다.

고개를 돌리니 시내가 빠르게 지나갔다. 건물의 페인트는 과자처럼 바싹 말라 껍데기처럼 붙었다. 공사를 하다 만 도로는 진창이고 길섶에는 잡초가 웃자랐다. 멀리 태초부터 있던 것 같은 고목이 힘겹게 서 있었다. 그 아래 흙바닥에 개 여러 마리가 배를 깔고 누웠다. 아이들은 알몸으로 뛰어 다녔고, 쿡 찌르면 안에 있는 사람을 토해낼 것 같은 만원버스가 그 앞을 지나갔다. 새로운 풍경을 따라가느라 내 눈동자는 쉴 새 없이 움직였다.

릭샤는 한번 탄력이 붙자 무섭게 나아갔다. 자전거꾼의 등이 땀으로 흥건히 젖었다. 후줄근한 티셔츠가 살에 들러붙어 남자의 잔근육을 섬세하게 드러냈다. 종아리는 경주마의 그것처럼 단단해 보였다. 군살 없는 피부는 검게 타 건강미를 뽐냈다. 그런 사내도 야트막한 언덕 앞에서는 힘이 부쳤는지 페달에 올라 억지로 억지로 자전거를 끌고 갔다. 종아리 근육이 터질 듯 꿀렁거리고, 팽팽한 힘줄이 살 밖으로 튀어나올 듯 솟았다. 힘든 사람을 앞에 두고 편히 앉아 가자니 마음이 무거웠다. 릭샤는 가까스로 비탈을 올랐지만 내 마음은 한참 밑으로 가라앉았다.

빈민들이 사는 움막촌을 발견했다. 호기심에 릭샤를 세우고 굽이굽이 골목으로 들어갔다. 좁은 골목을 따라 움막이 촘촘히 늘어섰다. 우리나라 옛 초가처럼 짚을 엮어 얹은 지붕은 검게 썩었다. 벽이라고 해봐야 구멍 난 비닐과 포대자루를 엉성하게 엮어 두른 게 고작이다. 흐르는 하수가 골목 가득 악취를 뿜었다. 움막촌은 이 세상에서 완전히 별개로 존재하는 다른 세상 같았다.

예를 들자면 전 세계에 신나는 '강남스타일'이 울려 퍼지는 동안에도 여기에는 흥부가의 음울한 넋두리가 나올 것 같은 분위기 말이다. 지붕이 워낙 낮아서 처마가 어깨에 닿았다. 처마 아래 간신히 비를 피할 법한 곳에 녹슨 깡통이 매달려 있었다. 거기에 식구의 것으로 보이는 칫솔 네 개가 덩그러니 꽂혀 있었다. 닳고 낡아서 강아지풀처럼 솔이 사방으로 벌어진 칫솔은 이 마을의 지독

한 가난을 함축했다. 나는 그 장면이 '신기'해서 사진기를 들었다.

호기심에 조금 더 걸어 들어가는데 불쑥 움막에서 나온 여인이 나를 보더니 소리를 꽥꽥 질렀다. 살기 가득한 목소리로 양팔을 거칠게 휘젓는 걸 보니 이 나라 말을 몰라도 "여기서 나가"라는 뜻임을 짐작했다. 나는 여인의 치부를 들추기라도 한 것처럼 민망하고 어쩐지 미안해서 얼른 되돌아 나왔다.

허름한 움막, 고인 하수가 풍기는 악취, 유리도 없는 작은 창문, 연료로 쓰려고 말리는 소똥까지. 방음이 무어고 방수가 무엇이며 방열이라고는 아예 없는 빈민들의 집 아닌 집. 이토록 절절한 가난이 나는 어떻게 '신기'할 수 있을까. 나는 그랬다. 지독한 가난이 신기하기만 했다.

쫓기듯 돌아 나오는데 골목 입구에서 젊은 여인이 내게 돈 세

는 시늉을 했다. 적선하라는 것이다. 까닭 없이 돈을 달라는 사람
치고는 퍽 당당했다. 나이가 스물댓으로 보이는 여자는 온몸에 가
난의 얼룩을 달고 있었다. 커다란 천 하나를 둘둘 매서 옷을 대신
했다. 한쪽 팔에 안은 아이는 얼굴에 땟국이 잔뜩 껴서 안아주고
싶은 생각이 쏙 들어갔다.

엄마는 아이를 내세워 외국인의 자비심을 부추겼다. 비누를 몇
개 쥐어주자 손짓으로 아이의 옷소매를 가리키며 다른 손을 내밀
었다. 흔쾌히 100루피(우리 돈 2000원)를 줬다. 여자는 그제야 골목
어디로 사라졌다. 어쩌다 운이 좋아봐야 지폐를 얻는 게 전부인
삶. 선택이라고는 하나 없이 득달같이 닥쳐오는 불행 앞에 작은
행운을 꿈꾸는 게 고작인 하루. 잠깐 보고 멋대로 사람을 판단하
는 게 무례임을 알지만, 아무리 봐도 얼핏 짐작이 꼭 들어맞을 것

같은 여자의 뒷모습이 가여웠다.

남의 불행을 이용해 내 처지를 위안하는 것만큼 나쁜 게 없다. 그걸 알면서도 나는 나도 모르는 사이 여자를 보면서 내 처지를 위로했다. "저렇게 불쌍한 사람도 있는데 나는 이 정도면 행복한 거지" 하면서 말이다. 나는 고국에서 인턴이며 실습이며, 비록 박봉이지만 여러 직장을 경험했다. 88만 원이나 소위 '열정 페이'일망정 기회가 있었다. 생각했던 진로가 내게 맞지 않는다며 첫 직장을 떠났고, 나라에서 제공한 무상교육을 받아 배를 탔다. 여러 번의 기회와 시도 덕분에 생각지도 못한 곳에서 적성을 찾는 행운까지 얻었다. 평범한 농부의 아들인 내가 말이다.

여기 인도 작은 마을에 사는 이에게는 이런 기회조차 없지 않은가. 구걸하는 모자를 보면서 내가 배를 타고 전 세계를 다니는 건 엄청난 문명의 혜택이라는 생각이 들었다.

둘러보니 모퉁이마다 신발도 신지 않은 아이들이 반 벌거숭이로 쪼그려 앉아 있었다. 경험 많은 선원들은 한번 적선하면 아이들이 종일 따라다니니 절대 그러지 말라고 했다. 나는 비누와 볼펜을 넉넉히 가지고 나왔다. 이 나라에서 귀한 물품이다. 심지어 비누는 앞니 빠진 세관원조차 잊지 않고 챙기는 필수품. 푼돈을 적선하는 것보다 아이들에게 도움이 될 것 같아서 준비했다. 물론 내가 예수나 부처의 후예도 아니고, 테레사나 슈바이처를 존경하는 것도 아니며, 이름 모를 아이들에게 적선하면서 어떤 희열을 느끼는 것은 더더욱 아니다. 어차피 배에서 남는 것들을 조금 가치 있게 쓰자는 생각 정도가 적당하겠다. 물론 이 글을 읽는 우리 회사 사장님은 주먹을 불끈 쥐겠지만.

수줍게 내민 손에 비누를 쥐어주자 선원들이 말한 것처럼 사방에서 아이 열댓 명이 뛰쳐나왔다. 달려오는 기세와 달리 아이들은 순했다. 옷자락을 잡아끈다거나 서로 밀치지 않고 가만히 제 손을 내밀었다. 먹이를 나눠주는 어미 새처럼 볼펜과 비누를 공평하게 분배했다. 비누는 팔지 못하게 포장을 뜯어서 알맹이만 쥐어줬다. 검은 손이 곧 하얘질 거라는 생각에 기분이 좋았다. 물론 그 후로도 아이들이 나를 끈질기게 따라다니는 통에 마음이 다시 바닥으로 가라앉았지만. 반 벌거숭이 아이 열댓이 졸졸 따라다니는 릭샤에 앉아 있기는 조금 민망했다.

어딜 가든 아이와 걸인들은 물끄러미 내 시선을 기다렸다. 나는 마치 성인군자라도 된 것 같은 착각에 빠졌다. 푼돈을 적선하고는 사람들을 향해 카메라 셔터를 마구 눌렀다. 이 '기이한' 장면을 어디 페이스북에라도 올리고 싶은 심보다. 남의 가난이 대단한 볼거리라도 되는 것처럼 말이다. 신기하게도 외국인이 사진기를 들면 아이들은 어디서 배운 것마냥 포즈를 취했다. 누가 가르치기라도 한 것처럼 땟국 흐르는 얼굴에서 미소가 스치더니 이내 고사리 같은 손을 내밀었다.

외국인의 깜짝 적선에 사랑과 교감은 없다. 나는 고국에서는 한 번 해본 적 없는 적선으로 싸구려 만족을 구매했다. 몇 푼으로 자기만족을 사는 외국인 앞에서 아이들은 오늘도 교태를 배운다. 셔터를 눌러대는 사람들, 그 앞에서 그가 좋아할 만한 자세와 표정을 고민하는 아이들의 거래가 먼지 나는 거리에서 반복됐다.

배로 돌아오는 길은 어둡고 멀었다. 릭샤는 붉은 하늘을 왼쪽에 두고 천천히 나아갔다. 아파라오는 지친 말처럼 툭툭 페달을 밟았다. 나는 그의 뒷모습을 물끄러미 보며 항구로 돌아왔다. 땀에 찌든 티셔츠와 때가 잔뜩 낀 뒤꿈치에 사내의 고단한 삶이 묻어 있었다. 같은 시대를 살아가는데도 어쩌면 이렇게 사는 모습이 다르단 말인가.

—아까 만난 여자가 불쌍해. 만날 아이를 업고 구걸할 거 아니야.

—불쌍하긴 뭐가 불쌍해. 그 여자는 원래 삯바느질로 생계를 꾸렸어. 짭짤했을 거야. 그런데 너 같은 외국인들이 겉모습만 보고 큰돈을 술술 주는 바람에 본업을 팽개치고 길거리로 나온 거야.

자전거꾼의 말은 내 뒤통수를 쿵 때렸다. 그 한마디에 내 하루치 추억 유리병은 산산조각이 났다. 오늘 내가 인도에서 한 것은 다름 아닌 '가난 관광'이었다. 남의 불행을 구경거리 삼는 무례, 남의 삶을 속단하는 교만, 불행한 자 앞에 당당한 오만, 그리고 그들보다 나은 삶을 산다는 비겁한 안도까지. 천박한 이방인은 순진한 사람들 앞에서 밑도 끝도 없이 천박했다. 마치 내가 인류 계급의 몇 계단 위에서 이 사람들을 내려다보기라도 하는 것처럼 근거 없는 건방을 피웠다.

사실 가난은 정말 가난해서가 아니라 가난하다고 보기 때문에 가난이다. 이 작은 마을에는 고급 아파트에 사는 사람이나 수천만 원짜리 자동차를 모는 사람이 없으니 사실 그 여자는 이 마을에서 보통의 존재에 가깝다. 여인이 풍요롭게 살다가 갑자기 이곳에 뚝 떨어진 게 아니라면, 주변 사람들의 생활도 비슷한 수준이라면, 또 여인이 그 삶에서 탈출하기 바라지 않거나 어떤 식으로든 환경을 개선할 의지가 없다면 과연 그녀는 내 짐작처럼 불행할까. 아니다. 여인의 원래 삶은 결단코 불행하지 않다.

전혀 다른 두 세계를 같은 선상에 놓고 비교하는 것은 어쩌면 어마어마한 착각이며 때로는 큰 실수일 수 있다. 달러를 든 외국인들은 여자 고유의 삶에 제멋대로 선진국의 잣대를 드밀었다. 여자에게 '가난'이라는 주홍글씨를 붙이고 동정했다. 그 바람에 삯바느질을 하며 사는 고유의 삶은 부정당하고, 여자는 제 뜻과 상관없이 불쌍한 존재가 되었다. 외국인의 싸구려 자비심이 그녀를 비렁뱅이로 만든 것이다. 여기서 100루피는 꽤 큰돈이다. 하

루 일당보다 외국인의 적선이 많으니 여자는 정직한 노동의 보람을 잃고 구걸에 재미를 붙였다. 마치 평생 물레질로 집안을 일군 여인이 갑자기 복권에 당첨되면서 그간 해온 물레질이 하찮아 보이는 것처럼 말이다.

여자에게 선진국의 잣대를 드민 것과 반대로 여자의 현실을 빌려 우리의 고통을 위안 삼는 것 역시 억지다. "인도에 있는 이 여인을 봐라. 88만 원이나 열정 페이도 감지덕지인 줄 알아라"는 말은 "전쟁 때는 감자 하나도 없어서 못 먹었는데 요즘 아이들은 배가 불렀다"는 어르신들의 꾸지람처럼 살에 와닿지 않는다. 만인의 고유한 삶을 경제력이나 학력 같은 이런저런 수치로 비교하는 것, 그 결과로 누굴 동정하거나 위안 삼는 것이 어쩌면 무척 건방진 생각이 아닌지 모를 일이다. 배에 돌아와서 내가 찍은 사진 속 아이들의 표정을 보는데 왠지 모르게 서글펐다.

★
3부.

귀항

항해사 '되기'와
항해사 '답기'

'코스를 완주한 마라토너처럼 감격에 젖어서 하늘에 키스라도 날릴 것 같아. 얼마나 좋을까.'

처음 배에 오를 때는 실습을 마치는 날이 오면 날아갈 듯 기쁠 것 같았다. 1주년 아침에는 팡파르라도 터지지 않을까 은근 기대했지만 배에서 맞는 366번째 태양은 무척 평범하게 떠올랐다. 희망 가득한 신년 해돋이나 어린이날 아침이 아니라 공휴일 하나 없는 11월 중순 무렵에 뜨는 어느 태양처럼 말이다. 써니영이 인도를 떠나 스리랑카 남쪽 바다를 항해할 무렵, 나는 열두 달 실습을 마쳤다. 그 사이 지구를 세 바퀴쯤 돌고 열세 나라에 다녀왔다. 허나 선박에 너무 오래 있었던 것인지 나는 감흥을 잃었다. 막상 그날이 오니 혼자 크리스마스를 보내는 것처럼 어쩐지 더 쓸쓸했다.

저녁식사를 마치고 선장이 나를 방으로 불렀다.

―서울 본사에서 연락이 왔네. 삼등항해사 진급을 축하하네. 지금 삼항사는 이번에 싱가포르에서 귀국하고 자네가 일을 맡을 테니 업무를 잘 익혀놓도록 해.

어안이 벙벙했다. 나는 소식을 듣는 순간 0.5초쯤 시간이 멈추는 놀라운 경험을 했다. 선장은 내게 깜짝 선물이라도 주는 것처럼 말했지만 나는 웃어야 할지 어째야 할지 몰라 아무 말도 하지 않았다. 선장의 말은 앞으로도 배를 계속, 그리고 열심히 타라는 말이다. 열두 달 내내 승선했는데 기약도 없이 더 있으라니 앞이 깜깜했다. 나는 나도 모르는 사이 기나긴 항해에 지친 모양이다. 밤새 흔들리는 배, 덜덜거리는 엔진, 환풍기는 왱왱, 선체는 끽끽, 무엇보다 나를 괴롭히는 긴장감. 넓은 바다를 항해한다지만 내 시선은 좁은 침실에 갇혔다.

1년은 휴식이 필요할 만큼 충분히 긴 시간이다. 이제 새로운 곳에서 새로운 사람을 만나고 새로운 음식을 먹는 게 처음처럼 설레지 않는다. 이대로 가면 지구를 열 바퀴 돌건, 스무 바퀴 돌건 의미 없다. 사람이 오래 항해하다 보면 본인도 모를 우울증에 빠지기 쉽다. 정신분석학자들이 내린 결론이 여섯 달이다. 반년이 지나면 누구든 머릿속이 바르기 힘들다. 나는 일단 가족이 보고 싶고 집밥을 먹고 싶다. 무엇보다 서른 시간쯤 푹 자고 싶다.

서둘러 머릿속으로 계산기를 돌렸다. 고집을 피워 이번에 하선할 경우와 몇 달 더 승선한 뒤 귀국할 경우를 두고 저울질했다. 간단히 그건 나의 '정신적 고단함'과 '빈손'의 대결이다. 일단 빈 주머니가 걱정이다. 오랜만에 집에 가는데 금의환향은 아니더라도 어머니에게는 건강식품, 아버지에게는 양주 한 병이라도 사들고 가야 하는 게 아닌가.

진급해서 승선하면 월급이 400만 원쯤 된다. 석 달만 일해도 천만 원이 넘는 급여를 받는다. 가족에게 선물하고, 오랜만에 만난 친구들에게 밥이라도 한 끼 대접하고 싶다. 무엇보다 달랑 실습을 마친 초임 항해사가 아니라 항해 능력을 인정받은 정식 항해사가 되어 돌아가는 게 여러 모로 좋다. 진짜 항해사가 되고 싶은 것이다. 힘들더라도 조금만 버티다가 입에 개거품을 물면 본사에서도 내 사정을 이해하고 교대해주겠지 싶었다. 나는 적당히 기쁜 표정으로 진급에 감사드린다고 선장에게 말했다. 그날부터 전임 삼항사와 당직근무하며 업무를 넘겨받았다.

당직을 마치고 방에 와서 곰곰이 생각해보니 그제야 진급은 무척 기쁜 일이라는 생각이 들었다. 나는 최하급직 선원에서 순식간에 사관으로 진급했다. 게다가 이제 월급도 넉넉히 받는다. 좋아서 무임금으로도 하는 항해를 급여까지 받으면서 하는 것이다. 억지로 일하고 다른 데서 즐거움을 찾는 게 아니라, 수단과 목적이 일치해 놀이처럼 즐거운 노동이다.

이제 직급이 있으니 생활은 훨씬 편해지고 배에서 내 자리도 생긴다. 더는 백수가 아니다. 나라에 세금을 내고, 국민연금과 건강보험에도 가입한다. 365일째에서 366일로 하루를 지나는 사이 내 신분이 달라졌다는 생각에 신이 났다. 자주 고독하고, 힘들고, 때때로 즐거웠던 지난 시간이 주마등처럼 스쳤다. 승선할 때 새것이던 신발은 닳고 닳아 구멍이 났다. 난생처음 신발에 바느질을 했다. 옷과 양말도 헤졌다. 칫솔이며 속옷, 샴푸 같은 생필품은 몇 번 새로 들이느라 고국에서 가져온 것은 하나도 안 남았다. 문득 나와 이 긴 시간을 함께한 '생필품' 친구들이 고맙고 사랑스럽다. 실습을 마치고 항해사가 되는 게 얼마나 대단한 일인지 감이 잘 안 오지만 어쨌든, 작은 일이라도 마음먹은 대로 이루었다는 게 뿌듯했다.

　이제 8시부터 12시까지 삼항사 당직 시간에 근무한다. 그렇게 오전에 당직을 서기를 며칠, 아침식사를 마치고 선교에 올라오니 신기하게도 저 멀리서 커다란 검은 수염고래가 물 위로 첨벙첨벙 뛰어올랐다. 태어나 처음 보는 고래다. 녀석이 지느러미를 흔들 때마다 하얀 물보라가 생겼다. 엄청난 놈이다. 이 신비한 어류가 잠시 모습을 보일 때마다 나는 탄성을 터뜨렸다.

　그래. 진짜, 진짜 고래다. 내가 원할 때 항상 거기 있는 수족관의 살찐 물고기가 아니라 바다를 제멋대로 헤집는, 그래서 모습을 드러내는 그 짧은 순간에 사람의 입을 떡 벌어지게 하는 그 고래 말이다. 그동안 마음에 여유가 없어서 눈이 어두웠던 것일까. 그래서 수도 없이 지나친 고래를 못 본 것일까. 아니면 대자

연의 여신이 내 진급을 축하하려고 친히 고래를 보낸 것일까. 힘이 불끈 솟았다. 배를 타고 멀리 나가 진짜 바다를 보는 건 무척 소중한 경험이다. 새끼고양이를 품에 안아보고, 송아지에게 풀을 먹이고, 코끼리의 피부를 만지고, 나무와 꽃의 향기를 맡는 것처럼 말이다. 선원이 되어 물과 뭍을 오가는 건, 마치 남자화장실과 여자화장실을 자유롭게 오가는 초월적인 존재가 되는 느낌이랄까? 깊은 바다의 품에서 고래를 직접 보는 건 극소수에게만 허락된 비밀스런 경험이다.

배는 며칠 후 싱가포르에 도착했고, 전임 삼항사는 휑하니 배를 떠났다. 나는 일반 선원 침실에서 한층 위, 그러니까 선교 바로 아래층으로 방을 옮기고 어깨에 견장을 달았다. 그제야 내가 정식 항해사가 되었음을 실감했다. 성취감에 마음이 붕붕 뜨면서도 내가 짊어져야 할 책임과 기나긴 선상 생활의 고독으로 어깨가 무거웠다. 이제 내가 책임을 맡아야 한다.

늘 그렇듯 우리는 싱가포르에서 다음 항해를 준비했다. 처음 승선했을 때처럼 장삿배 여러 척이 접근하더니 바닥난 연료와 음식을 가득 실었다. 선원에게 신선한 음식은 가뭄의 단비다. 나는 조리장 주변을 서성이며 뭍에서 온 음식을 몰래 맛봤다. 집에 가지도 못하는데 음식이라도 마음껏 먹자는 심보다. 오랜만에 올라온 콜라를 뜯어 벌컥벌컥 마셨다. 알싸한 콜라의 뒷맛은 황홀경이다. 신선한 우유와 요구르트도 반가웠다. 오이. 그래, 오이도 실었다. 반으로 쪼개면 톡 부러지며 즙을 뿜는 신선한 오이는 그 자체로 맛이 좋았다.

항해는 긴 여행이다. 뭍의 일상에서는 모르던 편리함이 여기서는 간절하다. 김칫국물 한 숟가락이 아까워 절절매고, 두부 조각이 부서질까 조마조마한다. 푸른 상추 한 잎에 감읍하는 자신을 발견한다. 신선한 과일에 넋을 놓고, 콜라 한 잔에 거의 오르가즘을 느낀다. 매일 일상의 소중함을 느낀다.

싱가포르에 머무는 몇 시간 사이 배는 전과 다른 새것이 되었다. 음식과 연료를 보충했고 앞으로 6개월 이상 일할 새 선원들이 왔다. 모시던 선장도 귀국하고 나이 서른여덟의 젊고 유능한 선장이 승선했다. 나는 새로운 사람들과 첫 항해를 시작했다.

롱코우는 서울보다 조금 북쪽에 있는 중국 항구다. 우리는 싱가포르를 떠나 남중국해, 대만, 동중국해를 거쳐 황해를 지날 것이다. 가을철 대만 주변 남중국해는 강력한 계절풍으로 악명이 높다. 요 몇 년 사이에도 상선이 침몰했다. 바다는 사납고 배는 휘청거릴 것이다. 그 다음 동중국해와 황해는 어선들로 넘친다. 배들은 어망을 내리고 앉아서 비켜주지 않는다. 우리 해양경찰과 육탄전을 벌일 만큼 사나운 중국 어선들이 아닌가. 까다로운 항해다. 처음치고는 고난이도다. 배는 남중국해를 향해 북동쪽으로 나아갔다.

선장이 물었다.

—삼항사, 이번이 첫 항해인가?

—네, 승선한 지는 열세 달째고, 일주일 전에 진급했으니 첫 항해입니다.

—아직 단독 항해 경험은 없고?

—네…

내 목소리는 수그러들었다. 직급은 삼항사지만 아직 경험이 없다. 내 말을 들은 선장은 당직 시간 내내 선교를 비우지 않았다. 초임 항해사가 못 미더운 것이다. 항해사가 되는 것과 항해사다운 것은 엄연히 다르다. 영화감독이 되어도 좋은 영화를 만들지 못하면 아무것도 아니다. 신문기자가 되어 좋은 기사를 쓰지 못하는 것도 마찬가지다. 멋진 옷을 입는다고 저절로 우아해지는 것은 아니고, 견장을 찬다고 진짜 항해사가 되는 것도 아니다. 항해사라면 선원들의 믿음을 얻어야 한다. 내게 제 목숨을 맡기고 쿨쿨 잠들 수 있게 말이다.

나는 초임이다. 소위 바지사장처럼 아직 허울뿐이다. 게다가 황천항해와 중국바다가 첫 항해라니 선장은 더더욱 불안할 테다. 허나 내 당직 시간에 선장이 선교에 있으면 내가 제 앞가림도 못하는 것 같아 불편하다. 선장의 믿음을 얻지 못하면 영영 '바지 삼항사'로 남을 수밖에 없다.

—한진 평택호, 여기는 써니영호, 좌현 대 좌현으로 교차합시다. 제가 우현으로 틀겠습니다.

나는 당직시간에 선장 보란 듯이 일부러 지나가는 배마다 일일이 무전을 넣어 어떻게 피해갈지 확실하게 못 박았다. 초보 항해사 티를 내는 일이지만 믿음을 얻기 위해서는 돌다리도 두드리는 모습을 보일 필요가 있다. 불신을 낳는 자만보다는 그 편이 낫다. 갈 길이 까마득했다.

항해자는 비바람과 폭풍우 속에서 명성을 쌓는다

배는 별 탈 없이 북동쪽으로 나아갔다. 며칠 사이 삼등항해사 업무가 손에 익기 시작했다. 항해 사흘째가 되자 궂은 바람이 불었다. 멀리 선수 쪽 수평선 언저리에 높쌘구름이 뭉쳐 있었다. 나흘째에는 레이더 화면이 비구름으로 어지러웠다. 새들이 숨은 하늘에 검은 구름이 끼고 바다에 산맥이 일었다. 파도를 맞아 배가 멈칫하면 흔들리고 다시 나아가려면 앞이 보이지 않았다. 선교에 긴장이 흘렀다. 선교의 선원들은 말이 없었다. 검은 폭풍우 속의 적막은 공포였다. 말 없는 선장과 어둠 속에서 네 시간을 보냈다. 선장의 그늘 아래서 내가 할 수 있는 건 별로 없었다. 폭풍우보다 선장의 그늘이 불편했다.

밤새 여기저기서 '끼익 끼익' 소리가 났다. 가끔 멀리서 우당탕

물건이 넘어지고 와장창 뭐가 깨지는 소리도 났다. 그럴 때마다 누가 멀리서 "아이고, 아이고"라거나 "아야야야" 하는 신음소리를 냈다. 나는 잔뜩 압축한 용수철이 되어 잠들었다. 언제든 침대에서 힘껏 튀어 올라 구명조끼와 방한복을 챙겨 구명정으로 뛰쳐나가는 상상을 했다. 영화관에서 상영 전에 보여주는 비상탈출 경로처럼 내 탈출로가 머릿속에 선명했다. 나는 두 가지 길을 놓고 어느 쪽이 빠를지 고민했다(비행기에서 산소마스크가 나오면 저 먼저 쓰고 옆 사람을 돕는 게 원칙이다. 선박에서도 비상시 제 안전을 확보한 후 남을 돕는 게 옳다).

곶은 날씨에 잠을 설치는 날이면 선원들은 늦잠에 시달린다. 늦게까지 침대에 있다가 제대로 씻지도 않고 허둥지둥 출근하는 일이 많다. 출근이라고 해봐야 몇 걸음 선교에 올라가는 게 전부이니 머리에 까치집을 달기 일쑤다. 얼굴은 퉁퉁 붓고, 몰골은 꾀죄죄하다.

배가 흔들릴수록 사람이 바로 서야 한다. 나는 이런 날일수록 일찍 일어나 잠을 털고 옷을 단정히 입었다. 선교에서 보면 선장도 약속한 것처럼 머리를 가지런히 빗고 나왔다. 서로의 옷매무새를 보며 우리는 말 없는 신뢰를 쌓았다.

남중국해 항해는 길고 지리멸렬했다. 프로펠러는 쉴 새 없이 밀고, 파도는 더 세게 막았다. 그 와중에 배는 뒤틀리고 흔들렸다. 진동에 거대한 바다의 힘이 실려 있었다. 배는 제자리걸음했다. 그즈음 몇 사람이 내 방에 다녀갔다. 배가 흔들릴 때마다 의약품 관리자인 삼등항해사 방에 몰래 오는 사람들이 있다. 멀미 환자들이다. 선원들 사이에서 멀미를 앓는다는 건 감추고 싶은 약점이다. 특히 배를 오래 탄 사람일수록 그렇다. 선장이나 기관장처럼 십 년도 넘게 배를 탔으면서 멀미를 앓는다는 건, 장교가 사격 실력이 형편없다든지, 소주 회사 간부가 술에 알레르기가 있다든지, 컴퓨터공학과 교수가 고작 윈도우 에러에 쩔쩔 매는 것처럼 아랫사람의 비웃음을 살 수 있는 약점이다. 그런 탓에 이날 밤 기관장이 멀미약을 받아갔다는 사실을 나는 절대 밝힐 수 없다.

덧붙여, 나는 입이 퍽 무거운 편이지만 몇몇에게는 그 사실을 밝히지 않을 수 없었다. 일단 매달 의약품 재고를 확인하는 선장에게 보고해야 했고, 그 보고서를 회사에 보낼 때 선장은 "기관장이 멀미를 심하게 앓아 멀미약을 많이 사용했음"이라고 설명했고, 그 보고서를 확인한 본사 직원은 안타까운 마음으로 "써니영호 기관장이 멀미를 자주 앓으니 재고 소진 차원에서 약을 분배해주기 바람"이라고 다른 배에 알렸다. 얼마 후 중국에서 교대한 선원이 "이 배 기관장님이 멀미를 많이 한다고 해서 본사에서 챙겨줍디다"라며 멀미약을 한 아름 가지고 왔다. 그날 이후 나는 선상에서 비밀을 만들지 않는다.

대만을 지나 동중국해에 진입해서야 붉으락푸르락하던 바다
는 표정을 바꿨다. 멀리 칼로 자른 듯 선명한 수평선에서 그간 어
디 숨었는지 모를 태양이 떠올랐다. 무슨 일 있었느냐고 능청스
럽게 농을 치는 것 같았다. 얄미우면서도 반가웠다. 절망 속에서
허우적대던 선원들도 금방 일상으로 돌아갔다. 고통스러운 날이
언제 있기나 했냐는 듯 평온했다. 오히려 집채만 한 파도를 맞았
다고 허풍이었다. 기억은 사실을 미화한다. 인간은 망각의 동물
이기에 배를 탈 수 있다고 선장이 말했다.

거친 바다를 지나자 동중국해와 황해의 중국어선이 기다렸다.
고난의 연속이다. 레이더 화면의 어선들은 참외씨처럼 빽빽했다.
어선들은 여러 척 사이에 긴 어망을 연결하고 한곳에 자리를 텄
다. 그런 어선들이 대충 520만 척 쯤 있는 것 같았다. 물고기보다
어선이 많지는 않을까 하는 생각이 다 들었다. 비켜달라고 말하
거나 협조를 요청할 수 있는 VHF 무전기 공용 채널은 이미 중국
선원들의 수다로 시끌벅적하다. 한때 유명했던 '수다맨'이 5천
명쯤 있는 것 같았다.

어차피 영어로, 심지어 중국어로 정중히 협조를 부탁한다고 해
서 비켜줄 사람들이 아니다. 뱃고동을 울리거나 조명을 비추면
어선은 되레 눈부신 플래시라이트를 쏘아댔다. 늙은 고양이들이
바글바글한 뒷골목을 어린 강아지가 홀로 걸어가는 느낌이랄까.

당직 네 시간 내내 혼이 쏙 달아났다.

나는 그 와중에도 배가 나아갈 길을 찾는 데 집중했다. 멈춰 있는 배와 움직이는 배를 구분하고, 마주 오는 배와 교차하는 배를 탐색했다.

수많은 배들이 제각각 움직이는 통에 항로는 살아 있는 생명체처럼 열리고 닫히기를 반복했다. 멀리 돌아갈 길을 찾아 배를 틀면 다른 어선들이 앞을 막았다. 다시 다른 길을 탐색하면 어느새 배들은 코앞까지 다가왔다. 악명 높은 중국 연안이다. 선장은 내가 항해하는 것을 뒤에서 물끄러미 지켜봤다. 거대한 어선군을 탈 없이 빠져나가는 모습을 보더니 말도 없이 방으로 돌아갔다. 아직 저 멀리 어선이 가득한데 말이다.

선교에서 혼자 항해하는데 기분이 묘했다. 내가 정녕 항해사다운 항해사가 되어가고 있는 모양이다. 칭찬을 받은 것도 아닌데 뿌듯함에 가슴이 벅차올랐다. 말과 행동 중 진실은 행동이라고 했던가. 선장이 말로는 칭찬을 하면서 선교를 지켰더라면 나는 허무했을 것이다. 오히려 말없이 자리를 피하는 것으로 나는 천 마디 칭찬을 받은 것 같았다. 저만치서 기다리는 어선 무리를 향해 나아가는데 떨리기보다 설렜다. 평범한 회사원 클라크가 파란 슈트를 입은 슈퍼맨이 된 것처럼 잔뜩 힘이 났다.

사실 나는 실습할 때 일등항해사와 항해 당직을 서면서 밤에 악몽을 꾸는 일이 몇 번 있었다. 커다란 써니영이 소용돌이에 휘

말려 뱅글뱅글 도는 악몽 말이다. 항해기기 여기저기서 적색 경보등이 번뜩이고, 사방에서 요란한 경보음이 울리고, 나는 일등 항해사만 바라보며 비명을 질렀다. 처음 혼자 항해한 날 밤에 나는 악몽을 꾸지 않았다. 단련된 초심자는 두려움이 없다.

남중국해 태풍과 동중국해 어선 사이를 항해하고 나서부터 선장은 선교를 자주 비우기 시작했다. 그제야 선장은 나를 항해사로 인정하는 것 같았다. 출항을 앞두고 하필 첫 항해가 중국 연안이라 걱정했다. 한고비 어려운 일을 해내고 나니 주변의 믿음을 얻었다. 평온한 바다는 내게 주는 것이 없다. 항해자는 비바람과 폭풍우 속에서 단련된다. 중국에 도착할 쯤 나는 퍽 피곤했지만 중간고사나 유격훈련을 우수하게 마치고 단련된 존재로 거듭난 것 같아 뿌듯했다.

조금은, 아주 조금은
자란 것 같아

　결국 나는 집으로 돌아왔다. 중국을 떠나 호주에서 철광석을
실어 일본에 내려준 뒤, 새 선원과 교대하고 비행기를 탔다. 출국
할 때와 반대로 인천공항에서 지하철역을 거쳐, 동네 약국과 주
유소와 떡볶이 집을 지나 집에 닿았다. 집이며 거리며 내 방을 둘
러보니 그동안 꼼짝없이 나를 기다린 것처럼 바뀐 게 하나도 없
다. 오랜만에 걷는 거리, 오랜만에 눕는 내 방, 오랜만에 맡는 집
냄새가 반갑다. 세상은 그대로지만 나는 15개월 사이 완전히 다
른 사람이 되었다. 천신만고 끝에 우주공간에서 지구로 귀환해
흙을 움켜쥔 영화 〈그래비티〉의 여주인공처럼 모든 게 전과 달
리 소중하다.
　정말이지 나는 완전히 다른 사람이 되어 돌아왔다. 나는 집에

와서도 몇 가지 배에서 익힌 습관을 버리지 못했는데, 물을 아끼려고 수도꼭지를 반만 열어놓는다거나, 문틈을 손으로 잡았다가 화들짝 놀라 빼다거나, 텔레비전을 보면서도 선반 위에 세워둔 물건에 자꾸 눈이 가는 것이다. 편집증 환자처럼 뭐든 굴러 떨어지지 않게 바닥에 내려놓고 나서야 안심하는 나를 보면서 가족들은 "뱃사람이 다 되어서 돌아왔다"고 말했다. 한 가지 나쁜 습관은 형광등을 끄지 않는 것. 배에서는 안전을 위해 늘 등을 켜두는 게 미덕이다. 내가 화장실 등을 켜놓고 나올 때마다 어머니는 쫓아다니며 잔소리하셨다.

소중한 뭍의 하루가 나를 기다렸다. 나는 첫 휴가를 나온 군인처럼 시간을 알차게 사용했다. 그리운 친구들을 만나 그보다 그리웠던 순대와 막걸리, 양념치킨 같은 오래 벼르던 음식을 맛있게 먹었다. 해외에서 먹기 힘든 갓김치, 백김치, 열무김치, 부추김치, 나박김치, 파김치 등 우리 음식을 맛보며 마냥 벙글거렸다. 간장게장이나 밴댕이회, 대구탕, 닭강정, 한우곱창, 메밀묵, 동치미, 바지락칼국수, 그리고 된장국은 황홀경이다. 뭐니 뭐니 해도 으뜸은 어머니의 김치찌개다. 집 밖에 오래 있으니 집이 제일 좋더라는 말을 실감한다.

나는 대낮에 혼자 시내 여기저기를 돌아다녔다. 관공서를 기웃거리다 민원실 컴퓨터로 게임을 하고, 은행 의자에 앉아 이곳저곳 두리번거리다 경비원에게 나쁜 사람으로 의심 받기도 하고,

종로 어느 공원에서 한가하게 볕을 쬐다가 윷놀이하던 어르신들이 티격태격하는 걸 구경하고, 강남 무역센터에서 열리는 전시회에 가서 기업인 행세를 하며 신상품을 만지작거렸다. 나름의 하루를 바삐 살아가는 사람들을 물끄러미 보며 혼자 피식 웃었다.

아마존에서 만난 어네사가 생각나서 춤 학원을 기웃거렸지만 차마 여성 회원뿐인 곳에 들어갈 용기를 내지 못했다. 나는 여전히 부끄럼이 많고 바보 같은 구석이 있다. 대신 바이올린을 배우기 시작했다. 바이올린이 좋은 건지, 예쁜 여선생님에게 배우는 게 좋은 건지 모르겠지만. 언젠가는 춤도 배울 것이다. 조금씩 조금씩 더 재미있게 살고 싶다. 하고 싶은 것은 다 하면서 말이다.

거리를 걷는 사람들의 표정이 밝게만 보인다. 다들 행복한 것 같다. 나 역시 발걸음이 가볍다. 내가 마음의 여유를 얻은 모양이다. 대학 때는 뒤처지지 말아야 한다는 강박에 시달렸고, 신문사에서는 분수에 넘치는 일을 하려다 가랑이가 찢어질 것 같았고, 백수가 되어서는 세상이 나만 따돌리는 것 같았다. 치열하게 경쟁하는 링 위에 살 때는 내게 원망과 질투, 비관과 절망밖에 없었다. 질주하는 것이 잘사는 것이라 생각했으니 푸른 하늘도 먹구름 낀 것처럼 어두워 보였다. 하루하루가 지옥 같고 떠오르는 태양이 야속했다. 세상은 나를 등졌다.

인생의 항로를 급히 틀어 바다에 가니 여기서는 경쟁을 느끼지 못한다. 하루를 조금은 지루하게, 그러나 의연하게 받아들인

다. 그렇게 새로운 법칙과 리듬으로 지내는 사이 조금 더 넓게 바라보고 생각하는 여유가 생긴 것 같다. 가족과 친구와 세상이 사랑스럽다. 오랜만에 부모님과 함께하는 저녁식사가 눈물 나게 좋다. 언제든 보고 싶은 친구들을 만날 수 있다는 게 얼마나 소중한 것인지 깨닫는다. 저녁 시간의 여유로운 만남이 행복에 겹다. 그간 몰랐던 사소한 일상이 낱낱이 감격스럽다. 삶에 애착이 생긴다. 등밖에 보이지 않던 세상이 내게 두 팔을 벌리는 것 같다.

무어가 나를 이렇게 긍정적으로 만들었는지 모르겠다. 단순히 직업을 가졌다는 만족감이나 온 나라를 구경한다는 자기만족, 경제적 여유를 얻어서가 아니다. 어쩌면 그건 한 차례 크게 아팠다가 새 삶을 얻은 환자가 선물 같은 하루하루에 감사하는 것처럼, 멀리 떨어져 어려움과 고독을 겪었기 때문이 아닌가 싶다. 아무렴 내 그릇이 조금은 커진 모양이다.

돌이켜보면 감사한 게 많다. 일단 내가 어떻게 여기까지 왔는지 모르겠다. 아직도 친구들은 분야를 바꿔 밑바닥부터 시작한 내 선택을 무조건 긍정하지는 않는다. 약간의 무모함, 조금의 행운, 그리고 내 열정을 알아봐준 고마운 분들 덕에 무사히 항해를 마칠 수 있었다. 특히 한국해양수산연수원은 세계적으로 드문, 우리 정부가 젊은이들에게 선물하는 특권이다. 해양대학교를 나오고도 제 나라 선대가 없어서 남의 나라 배에 올라 고생하는 버마 선원들을 보면 나는 잘사는 나라에서 커다란 혜택을 받고 산다는 생각이 든다. 거리에서 구걸하는 인도 아이들, 실업에 시달리는 모잠비크 알베르토, 망망대해에서 목숨 걸고 해적질을 하는 소말리아의 누구를 생각하면 나는 정말 가진 게 많다. 그저 감사할 따름이다. 예전에는 더 가진 사람들과 비교하며 질투했는데, 세상을 두루 둘러보니 내가 참 많은 걸 갖고 있다는 걸 느낀다.

이제 지구본을 보면 점점이 흩어진 추억이 살아난다. 여행하면 남는 건 사진뿐이란다. 짧은 여행이 쌓이고 쌓여 사진을 1만 장이나 남겼다. 그러나 내 마음속에 남은 건 하루하루, 장면 장면이 아니라 가볍게, 때로는 깊게 스친 이름 모를 인연이다.

암스테르담 반고흐박물관이나 안네 프랑크의 집보다 브라질 해변에서 같이 공을 찬 부루노와 인도의 자전거꾼 아파라오, 모잠비크 흑곰 알베르토, 라트비아 늙은 여우 알렉세이가 그립다. 나는 휴가 중에 콩나물시루 같은 지하철에서 이런저런 추억을 곱씹었다. 알베르토와 알렉세이처럼 상륙해서 만난 사람들과 아마존, 발트해, 인도양의 놀라운 장면을 회상하면서 혼자 피식 웃었다. 또 가끔은 하염없이 기다려도 얼마 못 태우고 떠나는 모잠비크의 작은 버스를 생각하며 우리 동네 마을버스에 감사하기도 했다.

이런 추억이 내 재산이다. 어디든 이름만 대면 눈앞에 장면이 쭉 펼쳐진다. 내 의식은 언제든지 전 세계 곳곳으로 뻗는다. 여러 나라를 다니며 맨발로 걸어 다니는 아이들을 만나는 일, 종일 꽃을 다듬는 여성의 체취를 맡는 일, 사기꾼에게 속아 빈털터리가 되는 일, 동전을 얻고 활짝 웃는 걸인의 미소를 보는 일, 힘줄이 끊어질 듯 페달을 밟는 인력거꾼을 만나는 일, 뻔히 알며 바가지를 쓰는 일, 웃는 낯으로 낯선 음식을 삼키는 일, 가난한 아이에게 비누를 선물하는 일 등은 살면서 한 번쯤 겪어볼 만하다. 나만의 삶이란 이런 게 아닐까 생각한다.

★

시간은 늘 째깍째깍 성실하게 흐르고, 내 선상 경력 역시 차곡차곡 쌓여서, 2010년에 시작한 승선생활이 벌써 6년째다. 얼마 전, 그간 쓸 기회가 없어서 잔뜩 모인 월급으로 서울 변두리에 작은 아파트를 장만했다. 이삿짐을 정리하던 중 내가 지하철에서 팔았던 지구본을 책상에 올려놓는데, 나도 모르게 울컥 뜨거운 감정이 솟구쳤다. 볼품없는 3천 원짜리 구식 지구본이지만, 이 녀석을 볼 때마다 아득히 먼 곳에서 20대 청년의 떨리는 목소리가 들려온다. 지구본은 동영상이라도 재생하듯 당시 기억을 생생하게 부른다.

낯선 얼굴뿐인 전동차 한가운데서 스물다섯 대학생은 많이 망설였다. 입을 떼려다 말고 줄행랑치기를 수십 번 반복했다. 그러

는 사이 서울 구로역과 인천 주안역을 수도 없이 오갔다. 날은 그
새 저물고 퇴근 인파도 점점 잦아들었다. 한 아름 지구본들은 가
방 안에서 얌전히 새 주인을 기다리고 있었다. 녀석들을 볼 때마
다 절로 한숨이 나왔다. 포기하고 집으로 돌아가고 싶은 마음이
굴뚝같았다. 물론 누가 나를 지하철로 내몬 것도 아니고, 내가 그
대로 돌아간다고 해서 꾸중하거나 놀릴 사람은 없었다. 하지만
양손 가득 팔지 못한 지구본을 들고 가는 귀갓길은 한없이 쓸쓸
할 것만 같았다. 집에 재고를 쌓아둘 공간도 없다. 방에 지구본을
놓아두면 볼 때마다 스스로 부끄러울 것이다. 그럴 바에야 모르
는 사람들 앞에서 잠깐 창피한 게 낫다.

─그래, 이번에는 기필코 하는 거야! 이게 마지막이야!

마음속으로 주문을 단단히 외고 다시 승객들 앞에 섰지만, 끝
내 입이 떨어지지 않았다. 나는 구멍 난 풍선처럼 순식간에 쪼그
라들어 후다닥 도망쳤다.

용기. 나를 구할 수 있는 건 용기뿐이었다. 이미 많이 무모했
고, 그 무모함은 실패를 향해 빠른 속도로 달려가고 있었다. 만일
여기서 대반전이 일어난다면 그건 내가 용기를 내야 비로소 가
능하다. 나를 실패의 구렁텅이로 몰아가는 전동차에서 필요한 건
용기였다. 숨을 한 번 크게 쉬고 내질렀다. 부들부들 떠는 다리,
혼자 시베리아에 있는 것처럼 오들거리는 목소리로 대책 없이
입을 열었다.

─우리, 아이들이, 매일, 더, 넓은, 세상을… 꿈, 꾸도록…

무슨 말을 했는지 기억도 없다. 준비한 멘트의 앞뒤를 오가며 멋대로 뱉어냈다. 뒤에 할 말을 먼저 했다가 나중에 반복하기도 했다. 그토록 연습했건만, 엉망이어도 이렇게 엉망일 수 없었다. 용기 내어 말을 꺼내고도 창피해서 도망치고 싶었다.

처참한 시작이었지만 생각지도 못한 일이 일어났다. 앞에 있던 아주머니를 시작으로, 그 건너편 아저씨, 멀리 노약자석 할아버지 등 승객들이 줄줄이 손을 들어 지갑을 열었다. 어른들은 여느 장사꾼과 다르게 어설픈 내 모습을 귀엽게 봐준 모양이다. 첫 전동차에서 무려 여덟 개를 팔았다. 자신감이 붙어 곧장 다음 전동차에 가니 여섯 개가 팔렸다.

─잠시 실례하겠습니다. 대학을 졸업하기 전에 꼭 한 번 지하철에서 물건을 팔아보는 경험을 하고 싶어 용기를 내서 나왔습니다. 앞으로 우리 아이들 침대 맡에 이런 지구본 하나씩 있으면 좋겠습니다. 그래서 우리 아이들이 매일 아침, 저녁마다 더 큰 세상을 꿈꿨으면 좋겠습니다.

준비한 멘트는 점점 완벽에 가까워졌고, 나는 그날 지구본 마흔 개를 30분도 안 걸려서 뚝딱 해치웠다. 동네 천원백화점 구석에 쌓여 있던 제품을 천 원에 사서 3천 원에 팔았으니 개당 수익이 2천 원이다. 마흔 개를 30분 만에 팔아 8만 원을 벌었다.

그날 밤을 잊을 수 없다. 평생 잊지 못할 아름다운 밤이었다.

입이 귀까지 벌어져서 전화로 친구들에게 장사 이야기를 떠벌렸다. 집으로 돌아오는 걸음걸음 구름 위를 걷는 기분이었다. 방바닥에 앉아 꼬깃꼬깃한 돈뭉치를 펼쳐 세어보는데 그렇게 신이 날 수 없었다. 돈도 돈이고, 도전도 도전이지만, 사람들의 마음을 얻었다는 사실이 뿌듯했다.

승객들은 내 말에 경청하고 지구본을 샀다. 그건 내게 공감했다는 의미다. 승객들이 산 건 3천 원짜리 지구본이 아니라 내가 말한 세계를 향한 꿈이었다. 그때 나를 보던 고등학생들의 반짝이는 눈망울을 잊을 수 없다. 어른들의 시선도 따스했다. 대학 4학년 때 지하철에서 지구본을 판 건 몇 주에 불과했지만, 내게는 뜨거운 젊은 날의 소중한 경험으로 남았다.

청춘의 추억을 담은 지구본은 내게 말한다. 내가 따뜻한 이불 속에서 안주하려고 할 때마다 툭툭 말을 건다. 혀를 더듬어 입맛을 다셔보라고, 그때의 희열을 기억하느냐고, 다시 느껴보고 싶지 않느냐고 말이다. 나는 다짐한다. 다시 장사를 하자는 게 아니다. 꿈이니 뭐니 거창하지 않아도 좋다. 나는 지구본을 보면서 조금은 무모해져보자고, 무모함 앞에 작은 용기라도 내어보자고 결심한다. 아마 내가 신문사를 그만둔 것, 엉뚱하게 항해사가 된 것 모두 이런 경험 덕분이 아닌가 싶다.

생각해보면 배를 타게 된 과정도 지하철에서 지구본을 팔 때와 아주 닮았다. 힘주어 결심했지만 막상 행동에 옮기자니 두려웠다. 많이 망설인 끝에 마음 가는 대로 내질렀고, 그 결과 생각지도 못한 장면이 펼쳐졌다. 지하철에서는 엉성한 내게 엉뚱하다 싶을 정도로 많은 승객들이 지갑을 열었고, 항해라면 백지장인 내가 일이 이렇게 쉽게 풀려도 되나 걱정스러울 정도로 단박에 연수원에 합격했다.

내가 운이 좋아서 그렇다고 말하는 사람이 있을 수 있다. 그래, 운이라는 게 있다면 나는 운이 좋다. 그런데 내가 승객들 앞에서 용기를 못 냈다면, 사람들의 편견에 항복해 연수원에 지원하지 않았다면 나는 작은 행운조차 만날 수 없었을 것이다.

한 발짝이라도 용기 내어 디뎌보자. 그 다음 또 한 발짝 내딛어보자. 이어 한 번 더, 다시 한 번 더. 그러다보면 어느덧 대지를 달리는 자신을 발견할 것이다. 작은 변화가 나중에 큰일을 부른다는 '나비효과'라는 말이 있지 않은가. 김포공항 전망대에서 활주로를 박차는 비행기를 보고, 지하철에서 3천 원짜리 지구본을 팔았던 작은 걸음들이 내 삶을 여기까지 이끈 것처럼 말이다.

항로를 벗어난 항해, 그리고 항로를 벗어난 내 인생 여정. 누구든 안전한 길 밖으로 한 걸음만 내딛으면 생각지도 못한 미래가 펼쳐진다. 거창할 것 없다. 인생의 반전은 아주 작은 용기에서 시작한다.